周汝昌 讲古诗词

|二|

周汝昌——著

周伦玲——整理

作家出版社

目 录

自　序

　　我在上册的序言中举了几个重要之例子，都是有关《文心雕龙》中的关键篇章，且是较为完整而规范的考辨理论论文的体裁。在此册中，所收的文章却又是另一种内容和风格了。这些文章看起来写作年月跨时深久，内涵又非常杂乱，似乎无甚可观，但是这些随笔性质的文章却也自有它们的特色与用处。概括起来，可以提出两点与众不同之处：

　　一、注意灵活性。应约为他人作序跋，是一种临时而来的任务性质，而我接受之后，除了要针对人家的主题撰文之外，却又有另一种机缘凑泊：我可以在这种序跋中发表我久存于胸中的若干体会与见解。因此，这绝不是那种所谓的"应酬文字"，其间有人与我双方的交感与汇通，这就有别于"死文章"。换言之，我在这种序跋中也能表现我作文与讲理的灵活方式。这种灵活性，一般书刊文章中讲得不多，我之所以特别注重辞章典故，是来自先师顾随先生给我的恩惠。他是从禅家的传授方法中特别突出一个"活"字，而我在作文时以此为基点，又结合了南宋诗人杨万里的理论："活法"二字。我们中华的诗为何常常与禅结合在一起呢？原因就在于：它们都特别注重这个"活"字。

二、我用这种方法，目的是希望能够唤起一般喜爱而不会创作的读者们抓住一个要点，即：不要只从字数一样、排列整齐的诗句的格式中去认取诗的存在。事实上诗是无处不在的，关键是在于我们须从诗的文字格式以外去领会和认识诗的本质的到处皆有。我们须首先使自己的灵活的真心捕捉到这些非文字格式的诗，然后才真正能够得到诗的价值、意义、性情、风趣。

这个论文小册内也有我所作的若干序跋文章，可以一提的首推《诗词曲赋名作鉴赏大辞典》的序言。记得很清楚，我接受这个任务乘兴命笔，坐下来一口气、一字不停地整整写了八十页，总算顺利交卷了。这篇概括性很强的论文被辞典编辑部和一个名为《名作欣赏》的刊物视为"珍品"印发了。这种一口气八十页的写作方式恐怕也不多见——由此联想到，我在燕京大学写一篇读书报告，因为第二天就要交卷，于是一个下午振笔疾书，一口气写完六十页，一字未改。我的一位清华大学的学友来访，不忍打搅，就坐在旁边等待，我写完才吃惊地发现他的到来。事后他时常在别人面前夸我外文的写作能力。这篇论文就是我在自传《天·地·人·我》中讲到的那篇读书报告，得到了包贵思教授的格外嘉评。

关于序跋，我要说老实话，都是应命之作，如"三李"辞典的序，如《诗词典故词典》的序，都是应约之后匆匆忙忙、立时要用之作。这种序言太觉粗浅，自己也十分不满意，编录在此，略见一斑吧。

这篇自序恰好也正像我刚才所说的那种匆匆忙忙交卷的应命之作。因书已编成，只欠一序，只好又犯了旧年的毛病，口述这几段粗浅的回忆文字。其他琐屑就不多缀字了。

《范成大诗选》后记

一

范成大，字致能（致，一作至），号石湖，平江（苏州）吴县人。生于北宋钦宗（赵桓）靖康元年（1126）夏历六月初四日。就是这一年，金兵正式南侵，先是久围太原，守城的王禀等人坚守二百五十多天，宋政府坐视不救，粮尽无援，以至吃皮甲、吃草木，最后竟至人吃人，遂被金人攻破。王禀领饿兵死战，投水殉国。太原一陷，金兵就分两路长驱南下，终于兵临汴京（开封）城。四十五年以后，范成大曾就这件事假借唐代张巡、许远死守睢阳，保卫国家，以至食尽壮烈牺牲的故事为比拟，而诘问道：

平地孤城寇若林，两公犹解障妖祲。
大梁襟带洪河险，谁遣神州陆地沉？

正是，在神州陆沉的年月里诗人降生而且成长起来。同时的诗人杨万里曾有过"乱起吾降（生）日，吾将强仕年（四十岁）。中原仍梦里，南纪且愁边"的感慨，范成大正是一样。

谁遣神州陆地沉的呢？不是别人，正是宋朝以赵家父子为首的腐朽透顶的统治集团。赵佶（徽宗）、赵桓等人荒淫无道的结果，在次年（1127）四月竟被掳北去，金人随带搜劫走的是金子约三十六万两，银子七百十四万两，后妃、太子、宗室等数千人，以及大量的珍宝、图书、卤簿、仪器、其他宝贵文物。还有百工技艺、妇女、倡优等无数人民，也被掳往金国。黄河以北，被金兵破坏得数百里不见人烟。人民遭祸之惨，难以笔述。

这时，赵佶的另一个儿子赵构，在南京（河南商丘）即位，改元建炎，这就是臭名昭彰、万民唾骂的宋高宗；从此开始了南宋"小朝廷"的局面。

赵构不顾多少的忠言谏议，不管多少的有利条件，一直往南逃跑，引得本来没有那么大野心也并无足够力量的金人一直在后面追上来。最后，一度逃亡入海。建炎三、四年间，金兵渡江，将最富庶的临安（杭州）、平江焚掠一空。诗人的故乡平江府因为是咽喉要冲，先已遭受够了"随驾"诸军的骚扰，民不聊生；到此，烧毁得只剩下一所寺院，大火五日不熄，百多里外都看得见浓烟；据记载，人民死亡达五十多万。诗人这时年才四岁，全家丧乱流离的情形不问可知。

之后，赵构就想收拾临安，稳坐杭州，歌舞西湖。这个局面最后定于绍兴八年（1138）；诗人时年十三岁。赵构的一贯投降卖国的政策，就是坚决镇压人民爱国武装力量，杀害足以消灭敌人、使敌人丧胆的大将和战士，宠用卖国汉奸为宰相，放逐、迫害一切爱国的官、民，加紧压榨农民的膏血，以便于一方面供给巨额财物于敌人（"岁贡"），一方面穷奢极侈地荒淫享乐：在上述几个方面，他的做法是无所不用其极，而且终其位略无改变。

范成大的家世情况，父亲以上无可考，父亲范雩，宣和六年（1124）进士，官至秘书郎。范成大十四、十五岁时，先后接连遭到母、父之丧。十六岁时，全国人痛心疾首的"绍兴和议"卖国条约订成，刘锜、吴璘等英雄的卫国战功虽然未至成为白费，而岳飞收复河山、直捣黄龙的雄图却是"十年之力，废于一旦"，整个被汉奸阻挠破坏，本人也被害冤死。从此，以淮水、大散关为界，中原尽行放弃，赵构向"大金皇帝"谨守"臣节"，岁"贡"银二十五万两，绢二十五万匹。从此，南北的人民，都长期陷入极其惨重的灾难之中。当时国事、家事，是那样不幸，少年时期的黯淡无比的岁月，给正在成长的诗人的人生观和性格上的影响，无疑是巨大的。从父母死后，他十年不出，料理了两个妹妹出嫁的事；取唐人"只在此山中"的诗句，自号"此山居士"，无意科举。据他的诗自叙，当时并无"一廛"的居处、"三椽"的房屋。

可是他究竟是秘书郎的后人，"山中"计划只能算是"理想"，当后来他父亲的同年名叫王葆的一位前辈先生拿"先君""遗志"这类"大道理"来逼他学习举业的时候，他还是接受了"好意"，跟着王葆学起来。绍兴二十四年（1154），他二十九岁时，中了进士，从此开始了他此后三十年的仕宦生涯。

人约从绍兴二十五年（1155）起，他被派为徽州的司户参军，直到三十一年（1161）冬天，共历六七年之久（一般是三年任满），经过了三位州官的代换，说明他在初期"宦途"上很"沉滞"。最后一位州官上司是"名流"洪适，洪适比较能看重他。

由于洪适的帮助，才得离徽入杭，去做京官。

绍兴三十一年（1161）的秋天，金国完颜亮又大举入寇。十一月，虞允文大败金兵于采石（安徽当涂），危势得解。完颜亮不久为部下所杀，金军退去。次年（1162）春天，范成大由徽州到杭，监太平惠民和剂局。此时南宋朝廷主和派势力暂时稍煞，二月派遣起居舍人洪迈使金，试探收复河南"陵寝"，以定和战；夏天，赵构传位给他养子赵眘（慎），这就是孝宗。赵眘一上来，有意恢复一些措施，略反赵构的做法，主战爱国人士进用，一时颇有些新气象，人心十分振奋。

次年（1163），改元隆兴；四月，决定了二十年以来所未曾有过的北伐计划。老将张浚，指挥李显忠、邵宏渊进攻。李显忠一出兵就连下三城，气势极壮；各地忠义民兵和金国汉军纷纷归附，希望很大。可是文臣中仍然是主和派执政，多方挠阻，加上邵宏渊以私情一意破坏李显忠的军事，不幸致成一次大溃败。赵眘马上动摇，进用秦桧党羽汤思退做宰相，尽撤江淮的边防，想割地求和；次年（1164），张浚解职，不久即死。这年冬天，金兵再犯淮南，烈士魏胜战死，楚州陷落，民心痛愤已极，赵眘不得已将汤思退流窜永州，未到就吓死在路上。到此，秦桧的势力才算告一段落。——当然，大官僚地主集团的主和投降派，并不从此就失势，他们是始终要出卖国家、人民以求苟安偷活、自荣自利的。

1165年，改元乾道，这时所谓"隆兴和议"已成：宋朝除自己放弃了海、泗等四州以外，又割商州；改称"叔（金）侄（宋）"之国；"岁贡"改称"岁币"，银、绢各减五万两、匹——而宋皇帝须向金使跪拜接受"诏书"的"礼仪"却忘了"更正"。从此，两国对峙的局面算是"稳定"下来，南宋耻辱小朝廷"太平"下去，大官僚地主们十分"庆幸"，更又一心一意地加紧剥削人民了。

范成大到这时已然四十岁。他来杭州四年之间，由圣政所检讨官历枢密院编修、秘书省正字、校书郎，升到著作佐郎。乾道二年（1166），除吏部员外郎（这是才要由史馆、图书职务转入政事部门），言官指责这是超躐等级的迁升，范成大就请领"祠禄"，回到苏州。他的进退，可能和洪适——徽州旧上司、宰相兼枢密——的进退有关联。到四年（1168）秋天，因早已经起用，这时才到知处州（浙江丽水）任。在处州，设法兴修水利，灌溉很广；又在当地人自创的基础上设立"义役"法，使胥吏无法措手贪索，想减轻役法害民的程度；处州因"丁钱"重得以致人民连男婴都不敢养育，他后来又为设法请减。

五年（1169），召到杭州，宰相陈俊卿以为范成大有才干，荐除礼部员外郎，兼崇政殿说书、国史院编修，仍旧都是所谓"清职"。十二月，升起居舍人，兼实录院检讨。曾就处理狱犯的酷虐和两浙"丁钱"太重等事进言，获得一些采纳。

六年（1170），发生了一件对南宋国势并无多大关系，而就范成大个人来说却颇不简单的事情。

赵昚总算比赵构还顾点廉耻：屡想收复河南"陵寝"之地，并坚持要更改那个人人以为奇耻大辱、独独赵构甘心乐意的跪拜受书礼。他和左、右相陈俊卿、虞允文商议，陈惧怕"起衅"（惹起战端）而不表同意，后竟因此罢相。虞荐二人可作使臣：李焘、范成大。李也算是号称有气节的名流，听得这个差使，吓得说："这岂不是要葬送我！"不敢应承。范成大慨然请行。这年闰五月，就命他为起居郎，借资政殿大学士，为"祈请国信使"。临行，赵眘问他外议汹汹、人皆畏怯的事，他说："无故遣泛使（贺正旦、生辰的常使以外的特派专使），近于求衅，不戮则执（不是被杀即是被拘留）。臣已立后（后嗣），仍区处家事（并安排了家事），为不还计（为不能回来做预备）。心甚安之。"赵眘为之感动，说："我不败盟（撕毁和约）发兵，何至害卿。啮雪餐毡，理或有之（像苏武使匈奴被羁囚十九年，备尝艰苦）。不欲，明言，恐负卿耳。"范成大毅然在六、七月间启程北去。

正式国书内，只载有索取河南"陵寝"的事，而要改受书礼仪一节，大臣不同意（不敢）载入，却叫范成大自己设法去交涉。金法严厉，不许使臣递私人书奏。范成大在金国皇帝面前诸事都"行礼如仪"以后，突然拿出私书来，要求接受。金皇帝又惊又怒，厉声责斥负责外交事务的宣徽副使，说宋使从来没有人敢这样放肆过，加以恫吓，后来竟至要起身离位，情形极为紧张。范成大屹然不动，坚持必须递上私书才肯退去。金国皇帝竟无法，最后被迫答应接受。事后，范成大才知道金国太子当时就要杀他，经人劝阻，算是未施毒手。金国臣僚又亲向范成大表示钦佩；因为他们看惯了的是宋使的卑躬屈节、辱国丧权，还少见这样的事情啊！

范成大回来，赵眘看到金国回书里面提到此事时有"出于率易，要（要挟）以必从"的话，知道范成大是真心舍身为国。后来金使南来，还详细地向宋臣描叙当时的种种情状。因此，这件事为朝野、南北所一致称道。我们今天看来，这件事本身并没有什么光彩可言，它只说明了宋朝一向在金国面前的卑屈可耻，范成大此行在外交使命上也并未（实际也绝无可能）获得结果，但在爱国主义的坚强精神上仍然发生了好的影响和作用，所以值得称赞。在敌人面前奴颜婢膝、摇尾乞怜的宋使们，永远是最可耻，也最为敌人瞧不起的。

因使金的功劳，范成大得升官中书舍人；此外还要照例晋两级。可是因为范成大在金国获悉夏国向金人泄漏了夏、宋之间的密约，回来后曾警告朝廷不可轻信夏国，执政大臣不乐，独不给他照例晋级。七年（1171），赵昚要任用奸佞"外戚"张说做签书枢密院事（军务要职），物议哗然，可是都畏惧张说的势焰，不敢讲话。范成大"当制"（中书舍人要替皇帝起草授官的告文），扣留"词头"，径向赵昚缴驳（缴回命令，不同意授给此人此官，拒绝起草）。赵昚变色，范成大不为所动，从容喻谏。张说做签枢的事居然因此而罢。这件事连同他上年使金不屈的事，是当时最常为人提起的两桩有气节的表现。——范成大很明白这已经是得罪了赵昚和佞幸，于是就又自动请领"祠禄"归里（后来，赵昚终于又把张说任命为枢臣，而且因此免了御史李衡等四人的官。人作《四贤诗》纪愤）。从此，范成大在仕宦道路上结束了前一阶段，即史馆"清秘"、文学词臣的阶段。

从这个时期起，赵昚在初期的、表面的那点朝气已尽，暮气、邪气日益深重，充分露出了封建统治者的本来面目：不顾谏阻，一意任用佞幸曾觌、龙大渊、张说、王抃等人为重要官职，勾结盘据，卖官鬻爵，正人如虞允文、梁克家等都相继被排挤而去。不久，志在恢复的虞允文死于四川。最后一次派遣泛使汤邦彦，辱命而还，从此收复河南之议也就完结，再不提起。这时，老一辈的人才已经凋落无余，后起爱国有为之士如辛弃疾等人则不过浮沉外郡，在谗毁打击下讨生活。全国地方官吏，都是朝中宰执台谏等要人的亲旧宾客，贪赃狼藉，专门向人民敲骨吸髓。正税、杂税、强征、巧派，把农民的"法定"租赋翻高到几倍，有的甚至到十几倍。农民无立锥之地，还要负担重税，被逼得逃田弃屋，或流亡城市，或落草山林，聚义反抗。大官僚地主则地连数县，租米有每年收到百万石的，却不负担租赋、职役，奢侈淫逸达到极点。赵昚个人，号称"恭俭""圣德"，一味"孝敬"赵构，"过宫"看问一次，单是"贡献"零用钱有时多到几万，其他可以想见。汤思退死后，宰相大臣，更换频繁，虽然贤愚不等，但差别不大，好的也不过是具位、画诺的文书庸吏而已。这时全国的情形诚然有如当时朱熹所说："……陛下（赵昚）之德业日隳，纪纲日坏，邪佞充塞，货赂公行，兵愁民怨，'盗贼'间作，灾异数见，饥馑荐臻，群小相挺，人人皆得满其所欲……"南宋小朝廷的罪恶，人民所遭受的痛苦，也可以略见梗概了。

在这种情形下，范成大不能在朝中立足，从乾道八年（1172）冬天起复以后，到淳熙九年（1182）五月，十年之间，除了中间一度短期在朝，都被派到边远外任，流转于静江（桂林）、成都、明州（宁波）、建康（南京），做地方大吏。他在各地，都能在职权范围内或多或少地施行一些善政，直接间接地使重压之下的人民略得喘息。在桂林时，因监司官尽取盐税，使得下层州县加倍苛敛，他就抑监司以解州县，苛敛得以稍减。对边区不加歧视，人民很爱重他。在四川帅任中，能够治兵选将，施利惠农，边防得以巩固，减酒税四十八万缗，停"科籴"五十二万斗。在明州，前任皇子赵恺（魏惠宪王）遗留的害民虐政，尽行罢去。在建康，移军米二十万石赈救饥民，减租米十几万斗，受赈的据说达到四万五千几百户,没有一户流离失所的;又代下户(贫民)输纳"秋苗钱"和"丁钱"一年。所有这些,我们还很难说直接受实惠的一定就是贫苦人民,但是在贪赃狼藉、残酷剥削的官风中,这究竟是值得赞扬的。有如他在明州写的一首小诗所说:"老身穷苦不须忧,未有毫分慰此州。但得田间无叹息,何须地上见钱流!"表明了他反对苛敛、主张减轻农民负担的愿望,他的做法就是从这一愿望出发的。

当然,范成大终归是属于统治阶级的大官僚。他的一些措施,例如"义役法",恐怕实际上主要还是给中小地主阶级谋了利益。他对被官府逼得"造反"的"群盗"也是不肯容情的,例如在建康帅任,他就镇压了被称为"劫江贼"的"静江大将军"徐五。类似的事情一定还有。这在今天看来,自然是对人民犯罪的恶行。

他由桂林、四川两任回朝以后,在淳熙五年(1178)四月,以中大夫做了参知政事,这是他由文学词臣走到了"宰执"大臣的仕宦高峰。可是这时赵眘的政见已经同他不合了,不多久的工夫就对他厌倦了,于是御史得以借私憾细节来攻击他,立即得罪落职,再领祠禄。他做参政一共才两个月的时间。

从六年(1179)起知明州,到九年(1182),在建康任得疾,五次上书,请解职退休,得回乡里,这时他年已五十七岁。他的仕宦生涯从此基本上告一结束。后来虽曾两次起知福州、太平州(安徽当涂),或则坚决辞谢,或则才一到任就告休回来,实际并未任事。而此时赵眘已经传位给他的三子赵惇(光宗),这是个荒淫昏愦、丧心病狂、"以无能之人,负大逆之名,始望其为人君,后竟不能为人子"的昏君,南宋的国事,更无一丝毫希望。范成大这时虽然也曾"应诏上书",极论苏民、求将、固边、屯田、理财等要政利病,但摆在昏君面前,照例不过是废纸罢了。他在名义上虽然是"身事三朝",事实上他的真正仕宦经历却是和赵眘统治期间相终始的。

赵惇绍熙四年(1193)夏历九月初五日,范成大卒于家,年六十八岁。后来谥曰"文穆"。他死后,南宋小朝廷政局不久就转入韩侂胄专权的另一糟糕局面。

以上只是一个极简略的轮廓叙述,由于水平限制,对范成大为人的分析批判是很不够的。加以材料上的限制,也增加了我们的困难,例如我们所有的基本资料只是一篇周必大所作的范公神道碑;《宋史》本传也就是那些事迹而更加简略,没有提供其他参考材料或线索。而神道碑和"行状"这类文字,即使没有夸饰,也是只举好事,都将死者说成一个无可指摘的"完人"。此外宋人记载中有关范成大的正反面材料也都很少,他本人的文集也不可得见:这都增加了我们了解上的片面性。可以提到的,如他出头反对张说做签枢(当时只有他和张栻二人),张说却向人扬言:"张栻和我素不相合,攻击我是自然的;范致能为什么也如此呢?我这亭子的木材还是他送我的呢!"如果不是张说造谣反扑①,那就无怪有人说范成大"会做官"。不过,他不像周必大,当皇帝要给曾觌加官做"少保"时,大家都料定周必大不肯同意

---

① 张说等辈惯于造谣诬人,以达到排挤陷害的目的,可参看《四库提要》卷一百五十九《雪山集》提要:"《宋史》本传颇以气节推(王)质,而周密《齐东野语》载:张说为承旨时朝士多趋之,惟质与沈瀛相戒勿诣(张)说;已而质潜往说所,甫入客位,瀛已先在,物议喧传,久之皆不安而去。与史殊相乖剌。考史称虞允文以质鲠亮不回,荐为右正言,时中贵人用事,多畏惮质,阴沮之云云。则质非附势求进者,殆张说等惧其弹劾,反造此谤,史所谓'阴沮之'者,正指其事,密不察而误载也。"按王质,字景文,兴国人,著《雪山集》。

草制，可是他不但应命草制，而且还写出了"敬故在尊贤之上"的词句，大为舆论所讥。这里的区别是很大的。再看先后攻击范成大的言官如林安宅、谢廓然等人，都是和权幸们勾结肆恶的著名奸佞，可以说明范成大不是他们的同流，而是敌对。陆游在《梦范参政》诗中曾用力写出：

> 梦中不知何岁月，长亭惨淡天飞雪。
> 酒肉如山鼓吹喧，车马结束有行色。
> 我起持公不得语，但道"不料今遽别"！
> 平生故人端有几？长号顿足泪迸血！
> 生存相别尚如此，何况一旦泉壤隔！
> 欲怀鸡黍病为重，千里关河阻临穴。
> 速死从公尚何憾？眼中宁复见此杰！
> 青灯耿耿山雨寒，援笔诗成心欲裂！

可以看出，像爱国诗人陆游这样的痛悼和怀念，绝不只是出于一点个人之间的朋友交谊，"眼中宁复见此杰"①，这种沉痛的语言里，还有不少内容在。这对范成大的为人评价方面，也未始不是一种有力的参证。

---

① 陆游《渭南文集》卷十八《筹边楼记》曾说范成大："方公在中朝，以洽闻强记擅名一时，天子有所顾问，近臣皆推公对，莫敢先者。其使虏而归也，尽能道其国礼仪、刑法、职官、宫室、城邑、制度，自幽蓟以出居庸、松亭关，并定襄、五原，以抵灵武、朔方，古今战守离合、得失是非，一皆究其本末，口讲手画，委曲周悉，如言其国内事，虽虏耆老大人，知之不如是详也。"楼钥《攻媿集》卷三十八"资政殿大学士通议大夫范成大转一官致仕"告文中也说："胸中之有甲兵，世称小范之才高（按指北宋时范仲淹守边抵御西夏的事）。"都可见范成大不只是个文人诗家，而有多方面的才干。

二

　　综观范成大一生，约略可分为五个时期：由十四五岁初为诗文、连遭亲丧起，十年不出，为第一个时期。从习举业、中进士、初做徽州司户，这十年左右，为第二个时期。入杭做京官以下，约十年，为第三个时期。外任镇帅，亦约十年，为第四个时期。从建康告闲退休，亦约十年，为最后一个时期。时间上很匀整。而他的诗歌作品，也正由于生活上的变化，可以按照以上五个时期来划分，大致上是合适的。

　　比起同时齐名的另外两位诗人陆游、杨万里来，范成大自编的诗集中存诗的开始算是最早的（陆、杨二家的诗，早年的都删去不存，陆游存诗尤晚）。最初期，他在艺术风格上还未臻成熟，内容也欠充实，我们所能看到的是：孤独寂寞的情怀；十分消沉的心境，所谓"青鬓朱颜万事慵"；虚无、厌世情绪，所谓"吾将老泥蟠"；道家思想，这么早就在他诗歌中露出根芽。这在一个二十岁左右的少年身上，都是不相称、不健康的。对农村风物的摹写，也已然有了开端，可是，他此时笔下用力写的尚是自然景物，除了"深村时节好，应为去年丰"以外，他还不能对其他重要问题做任何反映，因而使读者感觉到南宋苏州农村风景只有可爱，那无疑是被他美化了的结果。总之，这一时期的诗还是比较浮浅的作品。但是他写出的"莫把江山夸北客，冷烟寒水更荒凉"，不仅具体反映出当时江南的残破的真实情景，也显示了这个少年对南宋政府的批评，以及他忧国爱国的思想，是很值得提一提的。苏州当时为金国来使所必经，一年两度来往，供应骚扰，也成为人民的灾害，绍兴十四年（1144），特建姑苏馆，"专以奉国信贵客"，"体势宏丽"，又作台，"制度瑰特"，供金使登临观眺，可谓无耻之极。少年诗人的冷笔，给赵构朝廷深深地下了一刺。这是非常可贵的。

到了二十五六岁以后，他的诗转入另一阶段。虽然还正在发展期，却不容忽视。和前一阶段比起来，内容显著地丰富了，在艺术风格上也更成熟、更多变化了。首先是对国家的关心有了进一步的表现，或因祖国景物、地理形胜而发，或通过咏史的形式来表达，或用更深婉的"比兴"手法而咏叹。例如，写建康，说"拂云千雉绕，截水万崖奔"，如果我们参看陆游在《老学庵笔记》中所说的"建康城，李景所作，其高三丈，因江山为险固，其受敌惟东北两面，而壕堑重复，皆可坚守；至绍兴间已二百余年，所损不及十之一"，那么就更能体会到那十个字两句中所包含的意义的丰富；说"赤日吴波动，苍烟楚树昏"，上句写反顾江南，下句写前望江北（楚，这里不是一般常指的湖南、湖北，或宋人所指的江西地，而是指淮南一带乃至更北的陷金地区，宋以淮安为楚州），说明地扼南北宋金之冲要；而"赤日""苍烟"，"波动""树昏"，从字面的背后，也透露了更深刻的内涵；由此，再结到"向无形胜地，何以控乾坤"的主旨，隐隐提出应当建都于此地的正确主张，就非常有力。像《胭脂井》小诗，尖锐地讽刺了赵构这个荒淫皇帝。还有所谓"比兴"的手法，另是一种小诗，例如：

乌鸦撩乱舞黄云，楼上飞花已唾人。

说与江梅须早计：冯夷（水神）无赖欲争春！

——《欲雪》

赫赫炎官张伞，啾啾赤帝骑龙。

安得雷轰九地，会令雨起千峰！

——《剧暑》

这里面都隐含着向政府提出的警告和期望，是诗人生活在黯淡苦闷的岁月里所发出的呼声，提醒南宋朝廷早作打算，盼望早一时打破那个沉闷、窒息的"和议"局面。

由于"少孤为客早"，范成大这时大概为了生活或其他缘故，已经开始各地奔走流转；为了科考，他也不得不驰驱于建康、临安等地。行旅虽然使他厌倦，但却开阔了他的眼界，丰富了他的生活，有更多的机会去接触人民：这对他是极其重要的。因此，他这时期写行旅，写风土、名胜，都已有较好的作品。特别是写农村的作品，日益发展提高起来：《大暑舟行含山道中雨骤至霆奔龙挂可骇》一诗，写大雨中农民劳作辛苦不息，而说出"嗟余岂能贤，与彼亦何辨？扁舟风露熟，半世江湖遍。不知忧稼穑，但解加餐饭。遥怜老农苦，敢厌游子倦"，农民的辛苦，同情和自惭的心理，写来已不同于最初期的只于农村风物"赏心"而已了。不久，四首效王建的《乐神曲》《缫丝行》《田家留客行》《催租行》就又向前跨进一大步，由单写农民体力劳苦而深入到"去年解衣折租价，今年有衣着祭社""输租得钞官更催，踉跄里正敲门来"了。写南塘村的"田舍火炉头"，写圩田决坏的"空腹荷锄"，到开始为官后的《后催租行》，就更有了"黄纸放尽白纸催""去年衣尽到家口"、二女"亦复驱将换升斗"的描写，南宋农民受到残酷剥削的惨状，已然获得了真切的反映。因公外出旅行，也将所看到的地方贫瘠凄苦的景物写入小诗。范成大一向有"田园诗人"的称号，普通多指他在晚年写作了六十首《四时田园杂兴》而言，但是应该注意到他从早期就特别关怀农民的事实，而田园诗人的称号，在范成大说来，更不是王维式的"即此羡闲适"，这是重要的一点。

在此之外，一首《姑恶》诗值得特别注意。写姑恶鸟的诗，宋人中不止范成大一个，例如或者说："姑不恶，妾命薄！"或者说："放弃不敢怨，所悲孤（辜负）大恩。"在谴责那种虐待儿媳致死的恶婆母时都还有所顾忌，忘不掉"止乎礼义"的"大节目"。可是范成大却写道：

> "姑恶妇所云，恐是妇偏辞；
> 姑言妇恶定有之，妇言姑恶未可知。"
> ——姑不恶，妇不死！
> 与人作妇亦大难，已死人言尚如此！

这是一扫"温柔敦厚""怨而不怒"的奴隶"诗教"，直截了当地为被迫害的妇女喊冤、向吃人的封建礼教做反抗的呼声。一个中古时代的青年诗人，胆敢写出这样的诗句，其思想之先进，特别是他的勇敢，也许是不易为生活在自由时代的我们马上充分体会的。所惜者此后他在这一方面却没有发展下去。

在这时期范成大写他人的诗，仍然有"孤穷""霜露"的悲痛情绪。厌恶仕宦利禄的思想，在诗中显示得特别强烈——这本不是什么坏事，只是这种思想常常和消沉、虚无的情绪交杂在一起，所谓"少年豪壮今如此，只与残僧气味同"，颓气得十分严重。他的自幼多病，也增加了他的痛苦和苦闷，至有"化儿幻我知何用，只与人间试药方"的叹气。另一方面，也有时流露一些个人英雄主义的"抱负"，但又说"我若材堪当世用，他年应只似诸公"，说明那个时代环境给他加在身心上的种种痛苦和矛盾，表现了消极的、不健康的一面。

但特别令我们不能满意的是两点。第一，这时候他诗中已然出现了佛家"偈语"式的东西，例如：

苦相打通俱入妙，病缘才入更何疑。

丈夫解却维摩缚，八字峰开不二门。

——《病中三偈》

这种文字，是旧体诗中最劣等的魔道；我们今天从思想性、艺术性各方面看来，更是没有一丝毫可取处，只成恶趣。这个恶劣根芽，到他后期还有严重的发展，下面还要说到它。第二，他自从做了地方卑吏之后，一方面极度憎恶这种生活，借蚊子慨叹"小虫与我同忧患，口腹驱来敢倦飞"，可是，另一方面也作了一些无聊的诗句，在赏红梅、阅番乐的时候与知府或同僚唱和，或向上司阿谀献颂，"五云丛里望三台""报道紫皇思侍臣"式样的句子开始出现，这是宋朝士大夫们作应酬诗时张口即来的陈词滥调，读起来使人惋惜这个最厌恨利禄的青年诗人在宦场中不久也沾染上了官气，表现了他庸俗的阶级本质的一面。

第三个时期，即主要是在杭州做京官时期的作品。一般地说，由于生活的贫乏，这些作品显得很黯淡无力，远不如上一时期的作品能吸引读者的心目。内容大部分是和士大夫同僚的唱和，或游湖，或赏梅，或听声乐。"应制"体也开始出现，虽然只有一首，却都说明了生活决定创作的真理。我们说他这一时期作品内容贫乏，是恰如其分的。

这一时期关怀农民的作品几乎绝无仅有了。特别令人不解的是：此期中间曾夹有一任处州"亲民"的经历〔如上面所述，他出（在）任上很做过一些于民有利的事，证明他是很关怀人民的〕，可是在诗集中却找不到一点写处州的痕迹。事实上，所有属于处州的作品，一共只有六首绝句，而且都是为题"莺花亭"而作，内容是借纪念北宋词人秦观，而发抒自己的"游子断魂招不得，秋来春草更萋萋""庐下三年世路穷，蚁封盘马竟难工"的情怀，慨叹空遭"圣时"，不遇"知己"。其间感伤情绪极为浓重，甚至在全集中也算得是最感伤的作品。也许，他这一时期的其他作品曾遭佚散？或因故删削不存？我们此刻对这个疑问，已感无法解答了。

当然，这里没有一笔抹煞他这一时期的作品的用意。他在"冬祠太乙"的诗里，不忘记"愿挽灵旗北指，为君直捣阴山"的志愿（太乙神，主兵事，其旗据说常指向敌人）。在祭社神的诗里，也不忘记写农民年凶岁荒又加瘟疫侵袭的灾难，要社神"为国忧元元"，使人民有饭吃、少生病。他在写送给汤思退、胡铨、周必大、陆游、洪迈等人，以及挽吊陈康伯、杨存中、郑作肃等人的诗篇里，都对时事、政局做出了一定的反映，而且，他的政见是站在端人、正义、爱国这一边的，颇有史笔，这是不可以忽视的。而且如果我们对当时的政治情况了解得再多些，或许还会从这类诗里发现更丰富的内容。

尽管如此，假如这一时期作品中没有了他在乾道六年（1170）使金时所作的那一整卷诗句的话，那么我们所指出的他此期作品的黯淡贫乏，还会显得严重得多。有了这一卷使金绝句，顿然改观，内容饱满，精彩倍出。我觉得，这一卷诗是范成大集中最好的作品之一，值得着重地称道一下。

自从卖国汉奸集团订了"和议"以来，每年往来于道中的"和平"使臣，络绎不绝，耗费着大量的从人民剥夺而来的脂膏财物，以屈辱和无耻去讨金人的"欢心"，正如当时名词人张孝祥所写："干羽方怀远，静烽燧，且休兵；冠盖使，纷驰骛，若为情（令人何以为情）！"历年这些大量的"冠盖使"中，只有极少数的有心之士曾把北行的见闻记录下来，成为宝贵的历史社会文献；至于诗歌中，在这方面的反映则尤为稀少可贵，偶有一点，极其零碎，不成篇幅，内容也或狭隘或空泛，给人的印象并不深刻。而范成大这卷诗，几乎是以日记的方式来逐次地写作，到一处、遇一事，就有一处一事的观察和反映，随时随地描写陷金地区的种种真实情景，而贯串在这些反映和描写之间的则是一条极鲜明有力的爱国主义思想的线索，使七十二篇绝句构成了一个有机的整体。这个"冠盖使"，除了在金国面前表现得十分坚强以外，还专力地写成了这卷爱国诗，或者可了解那许多"同使"之羞吧？

这一组诗，按内容分类，大致有以下几等：第一，针对沦陷地区的景色、地理而写的爱国诗，瞻望收复河山的壮怀和壮语。第二，借古人而发抒感慨、批评政府的错误，如上引借张巡、许远而议论"谁遣神州陆地沉"者即是。第三，写沦陷区人民的盼望祖国恢复，如"茹痛含辛说乱华"的老车夫；叹息"曾见太平"

的种梨老人；天街上"年年等驾回"的父老；迎迓扶拜、争看"汉官"的白头翁媪。——都使读者如闻其声、如见其人，这些被赵构等人出卖、遗弃，而且遗忘了的苦难忠贞的遗民父老们，在诗人的作品里获得了关切和同情，也获得了永远不朽的生命。第四，描写金国的风土、习俗，种种落后、残破、野蛮的景象。第五，诗人自己报国的决心。第六，借古迹而抒感，如"戚姬（汉高祖刘邦的宠姬）葬处君知否？不及虞兮（楚霸王项羽的爱人）有墓田！""纵有周遭遗堞在（曹操所筑的讲武城），不如鱼复阵图尊（诸葛亮的八阵图）"等诗，实际仍然是爱国主义思想。其中，例如写安肃军的沈苑泊："台家抵死争溏泺，满眼秋芜衬夕阳！"写黄河的李固渡："列弩燔梁那可渡？向来天数亦人谋！"这类诗，就北宋的腐朽昏庸的若干具体事实，沉痛地指责了卖国、误国者的罪恶，读来令人义愤填膺，无愧史笔，远远胜过了当代人的一些同类作品。也还应该指出：范成大这种诗，完全运用十分平易近人的、几乎像"竹枝词"式的绝句小诗，精彩地收摄了每一个有意义的镜头特写，"传统"诗家们充分运用这种诗体的例子并不很多，原因是他们看不起这种诗体，认为是"俚俗"，"格调不高"。

第四个时期，即在外面做四任边区大吏的时期，作品最富，竟然占了全集三十三卷中的整整十卷之多。这么多的作品，虽然整个说来并不是范成大最重要、最出色的诗，但是却构成了集中的另一特点，即山川行旅诗，——至于他在安居下来、住在帅府以后的诗，从数量和内容上讲，就大都没有什么可说的，十之九不过是个人的心境，倦游、叹老、嗟病、悲凉、寂寞，无多可取。而在行旅诗中，由于他西至四川、东至明州、南至桂林、北至建康，实际是走遍了南宋疆域的四极之地，反映面就十分广阔。祖国的山川形势，人民的风土生活，都得到了描写，而且他在这些方面，如早期就已有所表现的，是具有才能的，写得都很真切、细致、清新、丰富，令人得到一个总的感觉：充实。

衡阳道中的一首小诗写道："黑豾钻篱破，花猪突户开。空山竹瓦屋，犹有燕飞来。"这不但写出了当地的农村景物，而且如果我们想到过去的文人画家，都不肯写猪这个动物，以为它"不入品"（诗里并不是没有出现过"猪"这个字，但都是作为"肉类"而写及的），写了，就会"破坏"了"大雅"，那么，于此不能不佩服范成大的肯于突破"雅道"。《合江亭》诗，想象江水合流如同诸侯的"尊王攘夷"："安知千载后，但泣新亭囚！"有力地讽刺了南宋的衮衮诸公（当然，像到陆游晚年所写的"新亭对泣亦无人"的情形，那就每况愈下了）。"我题石鼓诗，愿言续春秋！"诗人表明了自己要以"史笔"来写诗的素志。《黄罴岭》，写深山中的几乎是槠巢而栖的农民穷苦生活。《澧陵》《荆渚堤上》，写湖南农村遭到破坏以后的惨状。《劳畬耕》，着重写了吴农的受尽极残酷的剥削，由于官府的苛虐强夺，胥吏的贪奸凶狠，地主的私债煎迫，以致逃田弃屋，室无炊烟。"晶晶云子饭，生世不下咽（咽喉）。食者定游手，种者长流涎！"十分深刻地揭露了剥削的残忍、阶级的不平。《夔州竹枝歌》，描写了背儿采茶的妇女，"买盐沽酒"的水果贩，另一面则官僚吃好米，穷人吃豆粟："东屯平田粳米软，不到贫人饭甑中！"以及"绣罗衣服生光辉"的大贾商人的"当筵"荒乐。这无疑是南宋封建社会各阶级、阶层生活的缩影。《峡石铺》写稻田："新秧一棱绿茸茸，茅花先秋雪摇风：——后皇（大地）嘉种不易熟，野草何为搀岁功？"在诗句中寄托了更深刻更广泛的涵义。《初发太城留别田父》，说明诗人离开成都时，惟一作诗惜别的就是农民父老，因听说昨夜雨透、丰收有望而欢喜"伸眉"。《离堆行》，向每年要"吃"四五万只羊的神提出抗议："更愿爱羊如爱人！"《鲁家洑入沌》，写出："夜后逢人尽刀剑，古来踏水皆耕桑。可怜行路难如此，一簇寒芦尚税场！"诗人实际上已然告诉了我们：人民如此苦难，谁又是天生下来甘愿去做"盗贼"的？一簇寒芦，尚设税场，不就是官逼民反问题之所在吗？

还有一类诗，如《入分宜》，写"入国观政"，说明由水道的有无桥梁就可以看出地方官的贤否。《铧觜》，就前人后人与修水利为民造福的事而感叹："无谓秦无人，虎鼠用否耳。"《麻线堆》，写蜀道之难，作诗劝地方官修路，而说："勿云此事小，惟有行人知！""官吏既弗迹，谁肯深长思？……工费嗟小哉，政须贤有司。"所有这些，连串起来看，范成大作品中关怀民生疾苦，并不是偶然的、个别的现象，而是一贯的、经常的意志所在。南宋的大官僚，旅行在祖国河山土地上的，每年不知有多少，有几个曾给我们留下了这样多的正面有关生民利害的作品呢？

范成大在这一时期所作的诗也并不是都值得赞美的，或者即使是可取的诗中也时时夹杂着应该批判的糟粕，上面所举的《潨陵》诗，写当地兵灾以后的残破，他却说："老翁雪鬐鬓，生长识群盗。"虽然这一带地区遭受破坏的情形和原因很复杂——例如有金人敌兵的洗劫，也有毫无原则的具有叛徒、流氓军阀性质的"盗军"孔彦舟等人的烧杀，也有"平盗"官军的比孔彦舟等更加凶暴的劫掠杀戮；——但钟相、杨么等人民武装力量是这一地区的最好的革命忠义兵营，在爱国民族气节、政治措施、军队纪律等方面都是非常杰出的。破坏最甚的主要还是官兵方面的惨无人道。而范成大尽管提出"人言古战场，疮痍猝难疗。谁使至此极？天乎吾请祷"，同时也对"一簇寒芦尚税场"的苛政予以批评，但由于他本人的阶级限制，他是不能认识孔彦舟和钟相之间的区别并且同情后者的，所以依然糊涂笼统地使用了统治阶级一贯污蔑人民起义军的字眼："群盗"。这个和他给杨万里诗里把"闽盗"沈师称为"狐兔"是并无二致的；如果再拿他亲自镇压"靖海大将军"的事实来合看，他的反动立场就更显然了。我们读他这类诗，一方面肯定他能反映出"归来四十年，墟里迹如扫。莫讶土毛稀，须知人力槁"的历史情况，一方面对他的统治阶级的立场观点，则必须加以严肃批判。由此，也就可举一反三地明白：在《合江亭》诗中，他只知呼吁"诸侯"来"勤王"，不知抗敌救国的南北人民武装力量才是国家抗敌的真正依靠。他的阶级立场确定了他的局限性。

另外，他虽然忧国、爱民，但是总的说来，他的人生观是消极虚无的，"今古纷纷一窖尘"，这种思想在他诗中可以时常碰到。他从很早时候就和道家结了不解之缘（其开始则可能是由于自幼多病，一生几次大病垂死，仅剩皮骨，因而讲求道家养生法），后来和释家衲子交游来往的迹象也很多，这就使他的集子里出现了两种诗：一是羡慕仙佛的诗，一是大量采入佛经、禅宗的词句、典故、话头的"诗"。前一种诗，如果是由于南宋政治腐朽、现实黑暗，因而在精神上不免产生一种想要"蝉蜕浊秽"、追求幻想的"光明""自由"世界的缘故，那么虽然不好，也还有情可原；但范成大的这类诗却是对具体的某些"仙迹"的描写和羡慕，这就使人感到可笑。例如他登大峨山看到所谓"光相"

（一种光学自然现象），居然自以为是"神灵"为他而现示的，写出"我本三生同行愿，随缘一念犹相应"等句子，当时的楼钥就在《跋范石湖游大峨诗卷》一文里加以微词讥评，说："使石湖再登大峨，必须别有一则佳话也！"今天看来，更是愚不可及。后一种"诗"，尤为恶劣乏味，读来使人不欲卒篇，掩卷思卧。从北宋苏轼、黄庭坚起，开始了以释家语言而入诗的坏风气，例如"溪声便是广长舌，山色岂非清净身""两手欲遮瓶里雀，四条深怕井中蛇"之类，不但思想内容无多足取，即是从艺术角度来看，这也是最糟糕的文字，岂但不成其为"诗"而已！作俑者固然无聊，但向这方面严重发展、"青出于蓝"的却是范成大。他早年就写过"偈子"诗，上文已经提过，到这一时期的末后，有迹象重新抬头，及入下一时期，便加多起来，像"要识见闻无尽藏（音葬），先除梦幻有为观""第一圆通三鼓梦，大千世界一窗灯"之类，以及《红楼梦》中曾引及的"纵有千年铁门限，终须一个土馒头"，都是属于这一种诗的典型代表，清朝吴乔说后两句："直欲笑煞！"纪昀也说："粗鄙之极！"这诚然是范成大作品中的最要不得的糟粕，必须着重批判。那个时代给人们的痛苦和苦闷确是巨大的，可是向道、释两门的出世思想中去寻求渺不可得的"出路"，是统治阶级人物们（尽管他们也有正邪不同、贤愚不等）的共通的"悲剧"，范成大正是其中的一个例子。

第五个时期亦即最末一个时期，是范成大退闲家居，从五十七岁到六十八岁的作品。开头的情况，也并不使人怎样高兴：这时他暮气加深，爱国之心虽然并未完全忘怀，然而只不过有时笔锋一触——"太乙灵旗方北指""匈奴未灭家何为""时倚楼栏直北看""他年击楫誓中流"，而且大都是在说别人；他自己，则所谓"我今以病为欣戚""输与诸公汗简青"了，热情转化而为讦激、牢骚，甚至时时不免有玩世不恭之意。他固然仍要讽刺像"书至五千空挂腹，钱非十万不通神""虱里趋时真是贼，虎中宣力任为伥""笑中恐有义甫，泣里难防叔鱼"那样魑魅魍魉的社会人情、宦场世态，但他所缺欠的是严词正义，正面向恶势力、坏事物做勇敢不懈的斗争的精神，结果，只能是"看穿了"，只能是"有为皆妄懒方真"，只能又是"随水随风几窨尘"，这便非常不好了。

此外，或如元人方回所指出的"其（石湖）病也，非贫者之病，盖犹有贵人之风焉"，写"有日犹嫌开牖，无风不敢上帘""香暖香寒功课，窗明窗暗光阴"式的老病衰残。或如姜夔在挽诗中所说的"江山平日眼，花鸟暮年心"，写花草虫鱼，甚至写太湖石，——这是以前所绝未有过的。

但是，假使范成大末年诗整个是如此，那真是"强弩之末"了。所好者这时期却又产生了颇为重要的几组作品。大约从淳熙十二年（乙巳，1185）起，他同情人民疾苦的诗显著增加，例如题《雀竹图》时，不忘记写出："草间岂无余粒？——刮地风号雪飞！"夜坐时，在"满城风雨骤寒天"里听见"呼号卖卜"的声音，不禁感叹："呼号卖卜谁家子？想欠明朝籴米钱！"这不仅写出了呼号者的可怜，同时现实主义的手法也就展示了卖卜不过是穷人借以求几文籴米钱的手段而已，——难道那里面还会有什么"灵通感应"不成！继此，就有了一连串的同情于穷民、小贩、卖歌者的作品，说出"忍寒犹可忍饥难""不是甘心是苦心"，替他们提出疑问："悠悠大块亦何心？"体会日晚忍饥的卖歌者的歌声"个中当有不平鸣",而且表示出:"汝不能诗替汝吟!"
在另一首里,他因"春雪数作"而写道:

（上略）世无辟寒香,谁能不龟手?

邻舍索米归,瓮稠无恙不?

贫人寒切骨,无地兼无锥。

安知双彩胜,但写入春宜（指上文在雪天作"笙
歌暖寒会"的富贵人们）?!

贩夫博口食,奈此不售何?

无术慰啼号,汝今一身多!

这种精神是崇高的,也是感人的。也应该指出:南宋由于工
商业的发展,商品经济发达,大城市非常繁荣,成为官僚、地
主、富商盘踞剥削的据点;市民阶层虽然日益扩大,成分也日益
复杂,下层市民就成为被压迫被剥削的对象;在有着"金扑满"
绰号的苏州城里,剥削者的生活是"崇栋宇,丰庖厨,嫁娶丧葬,
奢厚逾度"的,和贫苦市民的悲惨生活正成为极尖锐的对比,而
封建士大夫的诗人中间,有几个肯于留意及于下层贫苦市民而反
映他们的生活呢? 因此就显出范成大在这方面的难能而可贵。

另一组诗就是农家诗和风土节序诗,从《梅雨五绝》《芒种
后积雨骤冷三绝》起,不久就数到了《四时田园杂兴》六十首。
这六十首绝句,一向认为是范成大所以获得"田园诗人"称号、
享盛名、定身价的代表作品。田家诗,我国从很早就有了,可是
像这样集中地、系统地、整批地给田家写组诗的,却没有过,这
是一。除了"躬耕"的陶渊明稍有不同以外,田家诗的作者多

是站在"负杖阅岩耕"（宋之问）和"即此羡闲适"（王维）的角度，看到并画下一些带有"鸡犬""牛羊""桑麻""豆麦"的美丽图画，因此，很难也不可能在他们的这种诗里触觉到多少真实的生活内容，嗅觉到多少真正的生活气息；而范成大在他这些诗里则比较深刻而全面地反映了当时农家的景物、岁时、风俗、劳动、困难、忧虑、灾难、煎迫、奋斗、各式样的生活、各式样的琐事，我们觉得这样的作者才仿佛像是在一定程度上亲自体验过那种生活和遭遇的人，所以明朝人有过"虽老于犁锄者或不能及"的话，他的艺术似乎要把我们领入那种生活之中来共同参加体验，而不只是让我们看些仅仅带有鸡犬桑麻如图画——那些仅仅只有一个面（而且是浮浅歪曲的面）的图画。这是二。这里还必须补充说明一下：我国的田家诗，大致可以分为两个"系统"。其一是陶渊明式的"聊为陇亩民""复得返自然"之类和刚才所说的"看画图"式的那种农家诗，即表示士大夫脱身仕宦、"归去来兮"的心理的和地主官僚过腻了富贵生活要想换个"农家风味"的作品。其二是自从唐人才盛行起来的新乐府式的"田家词""悯农""农家叹"之类，专门反映农民的辛苦、艰难和被剥削压迫的惨痛的。而一向所谓的"田园诗"，则通指前一类，即歌颂以至美化农家生活的作品。至于后一类，并不称为"田园诗"，范成大的前后《催租行》《缲丝行》，正是这一类的作品。——严格说来，前乎此，范成大还没有写过正式的前一类田园诗，多是属于或者可以附属于后一类的篇什。到这里，他才忽然大规模地写起田园诗来，从春到冬，一年间的劳动和生活，按照时序总摄于这一组诗内，令人回想起《诗经》里面的可贵的、久久没有人继承发展的《豳风·七月》诗来。重要的是，他的这些田园诗除了不同于以往的"看画图"式的诗以外，又把上述后一类农家叹的内容和思想写进这组田园诗来，把二者巧妙自然地融会而为一，这则是从来很少有人做过的。事实证明，他这样做做对了，他在实际上是在一定程度上改造了传统田园诗（专门粉饰、美化、歪曲）的本质，因而相对地提高了田园诗的价值。所以如果只把他标签为"田园诗人"，而不指出这个区别，就可能低估了范成大的这种作品。

但是也就是在这里，确实仍有范成大田园诗的问题：他本人既然有时以"潜夫""闲客"的身份而出现在这组诗里，使人自然要怀疑：他个人本身就是农民？还是农民真的都过着像他所写的生活？他确实没有写过像其他同时诗人所写的打发儿子出外去收租米和客户（佃户）每月要拿鸡鱼给自己送"月礼"的作品；相反地，他却能写出"小妇连宵上绢机，大耆催税急于飞""无力买田聊种水，近来湖面亦收租""笺诉天公休掠剩，半偿私债半输官""不惜两钟输一斗，尚馀糠核饱儿郎""黄纸蠲租白纸催，皂衣旁午下乡来"和一系列的农民贫苦生活情况。可是我们可以看到其他不少地方仍然是他美化了农民生活。南宋朝廷为了应付巨大的支出和他们的享乐奢费，为了加紧压榨农民，确曾做了类如安集流散、借贷农具、开发水利、扩垦耕地、经界丈亩、增殖品种等措施，更主要是由于农民辛勤劳动，创造财富，南宋农业生产力确曾大为恢复并增长，封建农村经济达到相当高度的发展，比之陷金区的破坏生产、摧残丁壮、经济逆转、农村凋敝残破不堪的情况并不相同，因而苏州地区平均每亩达到三石米的产量。农民生活可能在金人停止侵略"安定"下来已经数十年之久的时候获得相对的一些所谓"改善"。然而即使如此，这也依然不能为他美化农民生活做辩解，这二者根本不容混为一谈。苏州地区的农民，百分之九十以上仍然是被残酷剥削的贫苦佃户。举一点来说，他这些诗里的"安分守己""乐天知命"的思想表现得很浓重，例如"男解牵牛女能织，不须徼福渡河星""从教屋外阴风吼，卧听篱头响玉箫""晚来拭净南窗纸，便觉斜阳一倍红"等，虽然他主旨多是针对"朱门"而表示藐视的，但"知足常乐"的气味是发散得够强了。这样，他就在揭发剥削压迫的同时，又使人感到农民是完全"满意"于那种生活（这里面还包括着他的美化）而并无要求和争取改变现实的志愿与力量：这是一种歪曲，一种迷混调和阶级矛盾阶级斗争的作用和效果，是对人民有害的。地主官僚的诗人来写农村，无可避免地就要按照他们自己的眼光和"心光"来歪曲客观真实，因此许多人所写的"田家乐"实际就是"地主乐"。在范成大的田园诗问题上，我们就要清楚两点：一方面，我们不仅重视他肯把较多的篇幅给予农村农民这一事实（如果从整个诗歌历史来看，他差不多是最能把反映农村生活作为首要的创作主题的作者），而且我们之所以肯定他更是因为他在诗里所表现的那种一贯的同情贫苦劳动人民的态度（这是衡量封建文人作品的基本尺度）。另一方面，我们必须指明，这种田园诗虽然比以往的同类作品跨进了一大步，可是绝不能认为这些反映是全部真实和正确的，其中仍然夹杂着很大成分的地主剥削阶级本身的生活情况、恩怨（思想？）感情、趣味情调。这两方面，我们应该清楚地识别和恰当地估价；强调夸大任何一个方面或想孤立抵消任何一个方面，都势必会导引出不公允、不科学的结论。

最后，可以提到他的一些"比兴"体的小诗。他深深地感于那个时代的黯淡苦闷的不可耐，时常要"问讯东风几日来"，"谁能腰鼓催花信，快打凉州百面雷！"。他瞻望：

> 春后一寒如此，梅花有信来无？

他准备：

> 遮藏茉莉槛，缠裹芭蕉身。
> 我亦入室处（上声，动字），忍寒待阳春。

他感叹：

> 三分春色三分雨，匹似东风本不来！

我们切莫小觑了这种诗的意义，同时一个诗人名叫曾极的，就因为写出了"九十日春晴景少，一千年世乱时多"，使统治者致兴大狱。原因是：如果像爱国诗人陆游那样大声疾呼，时刻要求并准备杀敌复土、拯国救民，这是全国人民的呼声，连封建统治者在口头上也不得不承认这是应该，因此他们还无法明目张胆地出面反对；可是这种微词多讽、偏锋落笔的针砭，却最使封建统治者觉得刺痛和不舒服，是他们所更难以容忍的，于是露出本来的凶残面目，实行镇压迫害了。从这里才可以体会这种诗的意义。例如范成大又曾写道：

> 纵敌稽山祸已胎，垂涎上国亦荒哉。

不知养虎自遗患，只道求鱼无后灾。

梦见梧桐生后圃，眼看麋鹿上高台。

千龄只有忠臣恨，化作涛江雪浪堆！

这首诗，元人曾选入《瀛奎律髓》，清代乾隆时候的批评家纪昀有过评语，说是：

亦老生之常谈。——词调尤野！

是的，也许有点不够"温柔敦厚"。可是，批评家还没有从别的方面去看些问题。也有一个小故事可以帮助我们说明问题。从绍兴十一年（1141）起，高宗赵构、宰相秦桧的卖国"和议"订立以后，便更加严厉地镇压一切爱国、反对和议的人士，和战两方，亦即卖国、卫国的势力，是整个南宋政治上的主要斗争，也是最残酷、最激烈的斗争。有一位名叫张伯麟的，在太学墙上写道：

夫差！尔忘越王之杀尔父乎？

这无异是代表全国爱国人民向卖国集团的大头子赵构提出质问的呼声，恰好也就是上面那首诗的最简要、最贴切的注脚。这位张伯麟写了这句话，得到了什么待遇呢：刺配处分。

那首诗，被批评家贬为老生之常谈。可是这"老生之常谈"，究竟是"谈"的什么样的沉痛内容啊！那是在什么样的年月里、什么样的情势下而写出的"老生之常谈"啊！

三

范成大诗歌的艺术性，一般说来不低，风格清新，富于变化，很能多方面向前人学习，吸取长处。由于内容的充实丰富，艺术技巧和风格势必就要有足以适应的多样多彩：这一点他是做到了的。前人评他的诗风，曾有"温润""典雅标致""端庄婉雅""隽伟""奔逸""清新妩丽""精致""秀淡""婉峭"等等不同的认识，也可以作为这方面的一点说明。他也写了些粗率、滑快、浅露、诡怪的作品，了无意味，读之索然，是他的缺点；使用僻典，排比成语概念，也构成他艺术上的另一缺陷（这类作品本书都不入选）。

过去时代的"传统"批评家们所指责于范成大的，大约不外乎说他"弱"，说他"平浅"，说他"边幅太窄"，说他"体不高神不远"。我们今天看来，自然有其所见，但也并不能完全同意这些看法。"边幅"的窄否，不应只向"波澜壮阔"上去着眼，要看和篇幅相对的内容是充实是空泛，是反映了多少事物、什么事物。清人吴乔所谓"明人以集中无体不备、汗牛充栋者为大家；愚则不然：观于其志，不惟子美为大家，韩偓落花诗即大家也"。这是有些道理的（这里并不是讨论他对韩偓评价的问题，只是借这来说明"大家"并非以"边幅"为定的这层道理）。至于"平浅"，没有"高格""远神"，更要看这个诗人所写的是什么题材，什么态度，什么情调。"灞桥风雪中驴子背上"的诗人，他作出的诗句一定是会有"高情远韵"的，"格"也不会不"高"了吧？

可是能说"踏雪寻梅"式的诗一定"高"于范成大吗？民生疾苦，国家危急，要向这里面寻找并且要求"高远"的"神韵"，这非全无心肝而何？大抵资产阶级唯心美学论调都是这样的，此刻就不打算多费笔墨来驳斥这种"神韵论"。倒是"平浅"，却道着一个问题。

范成大的诗，学陶，学六朝，学鲍谢，学中晚唐，学韩愈，学元白，学张王，学李贺，学杜牧，学盛唐，学李白，学杜甫，学北宋，学欧梅，学苏黄，学王安石，甚至学相去最近的陈与义和同时的陆游、杨万里。他几乎向所有历代著名诗人学习。可是他接受白居易、张籍、王建等诗人的影响实在比表面上的苏黄影响要大得多。当时的诗人敖陶孙就曾指出：

直从"长庆"编成日，便到先生（石湖）晚岁诗。

可是不知由于什么原因，后来却很少有人注意到这一点。人人都知道：白居易是主张"诗合有为而作"、致力于以平易通俗的语言来反映民生疾苦的现实主义的大诗人，而有些瞧不起白居易的人，他们所不满于白诗的，恰恰正是所谓"平浅"。可见凡是继承了白居易这条现实主义路线的作品，他们大概都会讥之为"平浅"的，我们也就不必奇怪了。传统的评价，偏高和偏低的例子都有；我们对范成大的诗歌如何重新估计，还有待逐步讨论，但总之是不能像他们那样纯以风格论来代替内容分析，这则是毫无疑义的。

范成大，和同时的陆游、杨万里、尤袤齐名，号称"南宋四大家"。尤袤现存诗很少，无多可谈；杨万里在语言艺术方面颇有独创精榊，所惜内容方面此较细碎贫乏，思想性不突出。因此，在南宋整个诗坛上，仍然以陆范两家为最重要、最杰出。从宋朝一代文人诗歌的情况来看，像其他时期一样，现实主义和反现实主义的两条创作道路的斗争是复杂尖锐的，而现实主义正是在斗争中获得发展和胜利。宋代从最初期，就有专以"雕章丽句"为能事的"西昆体"的反现实主义流派和标举"本与乐天（白居易）为后进，敢期子美（杜甫）是前身"的现实主义（以王禹偁为代表）的创作路线先后出现。然后，梅尧臣、苏舜钦等现实主义诗人起来，击败了西昆派，为此后诗歌发展开辟了道路。不久，西昆派的组织、堆砌、剽窃的形式主义的方法就借尸还魂，以另一种面目复活，而成为远离生活、玩弄文字的"江西派"。这股逆流，尽管在同时就已引起了许多人的强烈反对，可是由于当时的政治、社会原因，它成为一种强有力的恶势力，在文人创作中生根结果，窒息僵化了许多诗人的艺术生命，其流风余毒远及于南宋和南宋以后的诗作。陆游、范成大、杨万里，早期都曾从江西派入手，正好说明了这种情况。值得注意的是，这二三大家，所以成其为大家，正是因为他们能够"从江西入而不从江西出"。换言之，他们正是由于生活实践创作实践，终于摆脱了这条绳索的束缚，抛弃了形式主义的死路，而选择了现实主义的康庄大道，才在创作上获得了成就，赢得了人民的喜爱，也就丰富了现实主义诗歌的园地。陆游的伟大爱国诗篇，成为反映南宋时期民族矛盾的光辉榜样，这是我们所熟悉的；而范成大反映民生疾苦的诗篇，也同样是现实主义的胜利。和北宋梅、苏等诗人比起来，就可以看出，前一时期的现实主义诗人的反映面还很窄，仍旧是多写个人抒情和描摹景物的作品，他们还没有把描写人民的生活和疾苦当作自己最主要的职责，而范成大则可以说是在这方面向前跨进了一大步。由此可见，北宋末期兴起的反现实主义江西派逆流实在是到陆、范等诗人起来才真正地予以扭转，把诗歌创作重新纳入正途的，并且在艺术上也都有新的成就。愈古愈高、"后不如前"的复古主义的评诗观点，是不可能看到这些事实的；不从这些事实来分析比较，被"汉魏""苏黄"等大名震慑迷信住了，就很难承认南宋的诗人还会有多大价值和意义。

范成大的现实主义创作道路的来龙去脉既然大致是这样，那么他在艺术上所受于诸家诸派的影响又是如何呢？《四库提要》曾说明两点：一是"初年吟咏，实沿溯中唐以下"；二是"自官新安掾以后，骨力乃以渐而遒，盖追溯苏黄遗法，而约以婉峭，自为一家"。这是有参考价值的。

在初年沿溯中唐以下这一点上，如《提要》所举出，范成大学晚唐，学李贺，学王建；而特别令人注目的是，《石湖诗集》一开卷的第二首《西江有单鹄行》和第九首《河豚叹》，就都是长庆体。从整个诗集看，他效法李贺，只有《夜宴曲》和《神弦》两三首，以后再也没有朝这种风格发展的任何痕迹，说明学李贺只是他一时偶尔兴到之作。而元和、长庆诗风，即元（稹）白（居易）、张（籍）王（建）的道路，却是他一生创作中的主要精神所在，这一点是十分鲜明的，同时也是最重要的。

其中尤以王建给他的影响值得个别地提出来谈一下。王建和张籍齐名，都擅长作反映民生疾苦、攻击剥削统治阶级的新乐府诗，而且和白居易是同时的诗人，因此可以说，在创作方法和目的上，他们是属于同一现实主义阵营的。但在艺术风格上，仍然各有其特点。清人刘熙载曾指出他们的不同，说："白香山（居易）乐府与张文昌（籍）、王仲初（建）同为自出新意；其不同者：在此平旷而彼峭窄耳。"王安石品题张籍的诗，也有"看似寻常最奇崛，成如容易却艰辛"的话。这就是对他们的艺术手法的一种概括的体会，意思是说：白居易的写法比较平正、舒徐、坦易、流畅，而张王的写法比较峭峭、紧凑、跳动、险急。特别是王建，这种特点更加明显。范成大的新乐府诗和一些性质相近的诗，则完全具备了王建乐府的特点（《提要》也正就提出了那个"峭"字），写得十分富有波折和姿态。典型的例子可以举《催租行》：一首诗统共八句，两句一换韵，一句一转，一韵一变，五十六个字，刻画了农民交完官租，取得收据执照，里正又跟跄闯来，敲门骚扰，及至把执照拿出来给他看，他才装得佯嗔佯喜，刁相十足，说出"我不过是来闹碗酒喝罢了"的勒索本意，农民无奈，只得把仅有的一点积蓄，三百铜钱——当时三四斗米的价值——全部献出，还得笑脸周旋，好言应付："这个不够喝酒的，您为'公事'跑破了鞋，对付弄双草鞋穿吧。"看他写得如此简洁了当，而又如此曲折变化，穷形尽相，把欺压者和被欺压者双方的语言、心理、情景都摹画无遗，使人深深感到看到那一时代的人民所遭受的难以言说的痛苦，而所有这些，只是包括在五十六个字中间，几乎是以惜墨如金的经济而又跳荡的艺术技巧表达出来。这种手法的优点是既不平板、枯燥，也不滑快、一泻无余，不教条概念地发议论，非常形象化，使读者由艺术的感染启发而领会到思想内容。至于运用口语，老妪都解，更是十分明显。这种诗，是范成大最好、最成功的诗。

由此可见，范成大在艺术方面也是基本上取径于中唐名家，而又加以变化发展的。

至于他以后"骨力乃以渐而遒",《提要》归功于"苏黄遗法",却须分别而论。首先,苏黄虽被人统称为"元祐体",但两家创作方法和艺术风格之不相同,可以说是如泾渭之分流一样,绝不容混为一谈。其次,黄庭坚的堆垛襞积、楂枒生硬的作风,和范成大的清圆便婉、明净流美的诗格也可以说是南辕北辙,不相干涉。我们并不是说苏黄都没有给予他任何影响,影响是有的,特别是以苏轼为较大;但是如果以为他的风格是由于"苏黄遗法"才建立而成的,那恐怕是一种不大符合事实的错觉。

苏黄两家在南北宋之际对诗坛影响的深而且广,自然是不可忽视的。南宋刘克庄曾说过:"元祐后,诗人迭起,一种则波澜富而句律疏,一种则锻炼精而性情远:要之不出苏黄二体而已。"这不但说明了两家的影响之巨,而且也指出了二者道路和风格之间的区别之大。但我们看,范成大的诗风是和那两类特点相近不呢?很显然,他的诗既不够个"波澜富",也不到得就是"句律疏";既不够个"锻炼精",也不到得就是"性情远":苏轼的天马行空、泉源涌地的风格,以及善巧方便、层出不穷的譬喻,黄庭坚的"点铁为金""夺胎换骨",一句诗至"历古人六七作"的手法,以及严冷少味的面目,这都不是在范诗中所能找得到的。这就可以清楚,《提要》的看法,在"苏黄遗法"这一点上未免皮相,是导引人误解的。

我们看,范成大不是没有学过苏黄的,只是他并没有学到他们的长处,所学到的毋宁说是一些糟粕和恶习。上文说过,他也写过一些粗率、滑快、浅露、诡怪的作品,了无意味,读之索然;好用释典禅语,排比成语概念,也构成他艺术上的另一缺陷。这些,正就是苏黄两家给他的坏影响,他自己还有时加以严重化罢了。可以肯定地说，他的骨力"以渐而遒"，绝不是由于这些。

严格说来，除了几组六言诗，有点像黄庭坚以外，范成大所受于黄的艺术熏陶实在没有多少；仍以苏轼的格调影响为较大。而苏轼所受于白居易的影响，则是构成苏体的很重要的一个因素。所以，以元和长庆诗为基本风格的范成大，和苏诗的渊源自然会比江西派为亲近得多。另外，杨万里给范集作序，曾说过一段话：

> 甚矣文之难也！（中略）——非文之难，兼之者难也。至于公：训诂具西汉之尔雅，赋篇有杜牧之之刻深，骚词得楚人之幽婉，序山水则柳子厚，传任侠则太史迁；至于诗，大篇决流，短章敛芒，缛而不酿，缩而不偻，清新妩丽，奄有鲍谢，奔逸俊伟，穷追太白，求其只字之陈陈，一倡之呜呜，而不可得也。

范诗的"清新妩丽"的一面，是容易看得到的，因此大家都一致承认（尽管所用的言词不同）；而他"奔逸俊伟"的一面，比较难于马上体会得到，因此不但很少人指出这一点，甚至像清代朱彝尊反而对范诗有了"弱"的提法。但是，陆游在给范成大《西征小集》（即《石湖诗集》中第十五、十六两卷）作序时，也恰恰提出"尤俊伟"一点来。这就说明，仅仅把范诗认作柔婉的看法是不全面的，他的诗格，能因主题思想的多样而变化，或清婉，或俊伟，并不是永远"一道汤"的滋味，而韵调十分流美，读起来确有一种奔逸英爽之感。我们知道，宋人常把陆游和杨万里比拟于李白，这是比较易于理解的;说范成大"穷追太白"，只有杨万里如此认识;尽管那也许不够贴切，但提太白，也使人容易联想到苏轼。同时也就说明了范成大在艺术上曾向多方面学习借鉴，而并不是墨守一规、自划自限。

但最重要的一点还是:我们这样来讲范成大的艺术风格，并不是要说明风格决定一切，相反，正可以看出，是范成大的创作道路、现实主义的创作方法决定了他的艺术风格。关于他学"晚唐体"，不妨用刘克庄的话来印证一下，也许会更加明白，刘说:

> 古诗出于情性，发必善;今诗出于记问，博而已，自杜子美未免此病。于是张籍、王建辈稍束起书帙，划去繁缛，趋于切近;世喜其简便，竞起效颦，遂为晚唐体。
>
> ——《后村大全集·韩隐君诗序》

范成大的"记问"可不算不"博"，方回就曾说他是"奇博"，他的一部分诗的词采也不算不"繁缛"，洪适和杨万里对他都有过"缛"的品评。可是他的好诗，他的主要精神、路数，却仍旧是"切近"的"张籍、王建辈"的精神、路数，亦即现实主义的创作方法所决定的艺术风格。例如北宋张耒，在"苏门四学士"中，作品最富于人民性，他的风格也最"切近"，而他也正是学习白居易、张籍等人的。这都是最好的说明。

范成大的诗，据他自叙，当时已经"新诗往往成故事，至今句法留沧洲"了。到南宋末期，他的田园诗有了显著的影响。明朝吴宽效法他的田园杂兴作《西山杂兴》七首，则全部无一例外是揭露农民疾苦，说明了范成大这一点之具有代表性，值得注目。清初，影响尤大，至有"家剑南而户石湖"的说法（见蔡景真《笠夫杂录》引《宋诗源流》奚士柱所论。蔡生于康熙十六年，卒于乾隆三十二年）。查慎行在入都途中经过卢沟桥时，就曾因石湖使金《卢沟》诗而写出"草草鱼梁枕水边（石湖原句：'草草鱼梁枕水低'），石湖诗里想当年。谁教甃石通南北，铁轴银蹄一例穿"，巧妙地借以指斥了"后金"（清帝国统治者）之又复入侵、蹂躏南北，寄托了他自己的爱国思想，都可作为例子。

我们今天阅读范成大的诗歌，至少可以知道：反映了时代社会生活，民族矛盾和斗争，阶级矛盾和斗争，站在正义一面，替被侵略被剥削者鸣不平，是诗人作品首要的主题，也是作品的主要价值所在。从他不同时期的作品情况来看，凡是和人民生活愈加接近的时期，作品的内容和艺术生命就愈加丰富有力，愈有光彩；否则即反是，立即显得贫乏和黯淡。作者的阶级立场、世界观、人生观也严重地影响着限制着他的作品。但生活和创作方面的实践，使他突破了当时反现实主义的"江西诗派"的束缚，而选择了现实主义的优良传统道路，并且自己创立了清新的风格。我们作为新中国的读者，更可以看到，封建时代的社会制度、人民生活和我们今天有着多么大的区别。今天的农村，正在日新月异、一日千里地飞跃发展，无数的农民诗人，已经涌现。他们将尽情地歌颂自己的美好幸福生活。毫无疑问，他们会注意到前代关怀农村劳动人民的诗作，将它们作为借鉴，并吸取有用的、健康的优点来丰富自己的创作。

四

范成大共存诗一千九百多首，我选了三百二十多首，占了六分之一，实在很多了，但依然有一些不算坏的诗不得不遗在选外，本文所引的就偶尔包括着几篇未选的篇章在内。所选的大概分配情况如下：有关农民的，七十六首；有关国事、政治的，六十五首；关系一般生民疾苦、利病的，十八首；反封建的，一首。以上共一百六十首。山川行旅、风土节序、一般生活、景物，一共八十三首。作者三十年间厌倦游宦，自写生活、感想的，三十四首。有关个人身世历史、骨肉交游、悲欢离合的，二十四首。晚年杂诗，十四首。其他专题六首。当然，严格划分有时是困难的，因为各种内容时时交综错杂着。我的希望是：选得突出重点，适当地照顾多面，反映诗人整个以及各阶段的各种面貌。这样可以尽量包入重要佳作，另方面也可以避免把诗人狭隘单一化。

范诗过去有清人沈钦韩的注，使我获益不小。但因是他随手写在诗集书眉上、后人过录刊印的，零文碎语，不仅不是逐句的注，也不是逐篇的注，更没有什么体例可言；他注了的不一定都是我们要选的篇章，我们要选的又不一定都是他注过的。因此为本书作新注时颇苦凭借太少，实际仍同草创。注者学识有限，新注中的秕病谬误一定可观，敬希读者们方家们在选、注各方面多加指正，俾得改进。在注中我往往酌量引一点有关的诗句或其他材料，目的在于帮助解释词句，或给某些历史事物、风俗习惯等做较具体些的说明，总之是帮助理解，启发意趣，和旧式笺注的专为罗列"出处""来历"的用意不大相同，应该在此向读者交代一下。

《石湖诗集》有明活字本、清顾氏本（先印、后印略有不同）、黄氏本。还有《宋诗钞》选诗较富，异文较多。黄氏本略早于顾氏本，同一年刊印，讹缺虽多，但好些地方可以救正顾氏，很有参考价值，过去一概抹煞是不对的。现在以顾氏本为主，择最重要的异文略校一二，附于注中说明，不作校记。读者如果要看全集，目前仍以《四部丛刊》影印顾氏本最为方便。

《范石湖集》前言

　　《范石湖集》，宋范成大撰。范氏所著诗文，早有全集刊本，共一百三十六卷。其中诗（包括辞赋）和词两部分，赖清人先后重刊、辑刻，尚有流传。余者除几部单行的专著而外，大都亡佚，仅能从方志、笔记、石刻中搜辑少许零文碎语，借窥一斑而已。因此，他的散文虽然在当时声价很高、流布甚广，而我们今天却已不能多见了。

　　范成大，字致能，号石湖居士；平江府（今江苏苏州）人；生于宋钦宗靖康元年（1126）六月初四日，卒于宋光宗绍熙四年（1193）九月初五日，年六十八岁。

　　范氏并非豪门世宦。他的父亲范雩始由宣和六年（1124）进士官至秘书郎。成大少年连遭亲丧，孤贫自励，隐居山中十年不出。二十八九岁，始出应举，中绍兴二十四年（1154）进士。其后历任徽州司户参军、圣政所检讨官兼敕令所枢密院编修、秘书省正字、校书郎兼国史院编修、著作佐郎等职。乾道二年（1166），除吏部员外郎，为言官所阻，于是请祠禄归里。三年（1167）起知处州。五年（1169），宰相陈俊卿以其才能优异，荐为礼部员外郎兼崇政殿说书、国史院编修，擢起居舍人兼侍讲，又兼实录院检讨。六年（1170）夏，以虞允文之荐，被命以起居郎资政殿大学士，为祈请国信使，使金。归，迁中书舍人，同修国史及实录院同修撰。七年（1171），孝宗将以张说为签书枢密院事，成大当制，径缴驳，遂自引退，仍请祠禄归苏州。八年（1172）冬，起知静江府（治所在今桂林）、广西经略安抚使。淳熙元年（1174），除敷文阁待制、四川制置使、知成都府。三年（1176），以病乞归；十一月，入对，除权礼部尚书。五年（1178）正月，知贡举，寻兼直学士院；四月，以中大夫参知政事，权监修国史、日历。才两月，为言官以私憾论劾，即落职，归里。六年（1179）二月，起知明州（治所在今浙江宁波），兼沿海制置使。七年（1180），改知建康府（治所在今南京），兼行宫留守。九年（1182），以病力求放归，其时年已五十七岁。十五年（1188），起知福州，力辞。绍熙三年（1192），起知太平州（治所在今安徽当涂），虽勉赴，亦仅逾月即归。四年（1193）九月卒。谥文穆。

综观范氏一生，始由词翰，渐至宰执，屡遭谗嫉，不安其位，未有建树；但在为地方官时，则兴水利、恤贫民、除弊政、建良法，所至有声。同时人周必大称其"所至礼贤下士，仁民爱物，凡可兴利除害，不顾难易必为之；乐善不厌，于同僚旧交，喜道其所长，不欲闻人过；去思遗爱，所在歌舞之"，核以实际，大致不是过饰之词。特别是他出使金国，不畏威胁，力争国权，致敌人亦为之起敬，大节凛然，尤为世人所重。

范成大降生之年，正是金人攻陷汴京、北宋即将灭亡的前夕。他四岁时，金兵渡江南侵，将临安（杭州）、平江（苏州）

焚掠一空，其故乡大火五日不熄，居民死亡达五十万。此后，人民的苦难、国家的耻辱，愈益深重。十六岁时，"绍兴和议"订成，从此，南宋朝廷对金国极尽其屈辱无耻，对人民极尽其凶狠残酷之能事；政治上，一贯奸人得势，正义消沉。统治者一面以厚币资敌，图得苟安；一面则加紧压榨，醉歌梦舞。这些，就是他由少至长，身亲目击的时代环境，因此也就决定了他的诗歌创作的主要内容：爱国诗篇和爱民诗篇这两大方面。

提起爱国诗篇，人们自然先想到同时诗人陆游。其实南宋四大家——尤、杨、范、陆——之中，除尤袤诗集已佚，不能具论而外，杨、范两家的爱国诗也是不可忽视的，只不过由于他们的风格手法和陆游不同，表现得较为含蓄深婉，不像陆诗的豪迈劲直罢了。《石湖集》中的爱国诗，像《合江亭》《题夫差庙》等作，慷慨沉痛，不可多得。但最令人注目的，当数卷十二全卷通为一组的纪行诗。这组诗，共七绝七十二首，是他乾道六年（1170）使金时所作。他将一路上所见的中原广大沦陷地区的残破景象和金人落后、野蛮的统治情况，都生动地描绘下来；其中最使人感动的，像"茹痛含辛说乱华"的老车夫，叹息"曾见太平"的种梨老人，天街上"年年等驾回"的父老，迎迓扶拜、争看"汉官"的白头翁媪，这些被宋高宗、秦桧等出卖、遗弃，甚至遗忘了的苦难忠贞的人们，却在诗人的作品里受到了真挚的同情和关切，同时也获得了永远不朽的生命。还有像《李固渡》的"洪河万里界中州，倒卷银潢聒地流。列弩橎梁那可渡？向来天数亦人谋"，《安肃军》的"从古铜门控朔方，南城烟火北城荒。台家抵死争溽潦，满眼秋芜衬夕阳"这类诗，有思想，有识见，有议论，有批评，有愤慨，有呼吁，鉴往追来，惩前毖后，感情深婉，回味无穷，不论从内容讲或从艺术讲，都可称为杰作。但历来很少有人加以称赏介绍；我们应该不为旧日评家的目光所限，而必须给以应得的评价。

石湖的爱民诗，是人们比较熟悉、常常提起的，但又多为他的六十首《四时田园杂兴》的盛名所掩，往往忽略了不少同等重要乃至更为重要的作品。像《乐神曲》《缲丝行》《田家留客行》《催租行》《后催租行》，几乎达到了唐代新乐府诗人王建以后人所不能攀登的高峰。他的一些竹枝词，在描摹风土民情之中，同样流露了他的爱民思想。例如写夔州一带背儿采茶的劳动妇女，"买盐沽酒"的水果贩，指出"东屯平田粳米软，不到贫人饭甑中"，这和《劳畲耕》篇所反映的吴农不堪剥削，以致逃田弃屋、室无炊烟的惨象，以及"晶晶云子饭，生世不下咽（喉；平声）。食者定游手，种者长流涎"的社会不平，都是极其形象的大胆揭露。作者还有许多深切同情贫民、小贩、卖歌者、卖卜者为生活而艰苦挣扎的诗篇，也是至为感人的。

这样说，并非有意低估他的《田园杂兴》。这个以六十首绝句构成一个整体的组诗，不但其规模为历来所未有，而且还在于他能够运用组诗的形式，描绘出当时农家的景物、岁时、风俗、劳动、困难、忧虑、灾难、煎熬、奋斗、各式各样的生活、各式各样的琐事，较全面而深刻地反映了当时的农村。可以说，范石湖是把新乐府、竹枝词二者的精神，巧妙地和田园诗结合在一起，改造并提高了传统的田园诗，而赋予它以新的内容、新的生命，因此对后来影响很大。从整个诗歌历史看，他也是能把最多的篇幅给予农民、把反映农村生活摆到创作主题中的重要地位的一位作家。所有这些事实，都是不容我们低估它们的价值的。

《石湖集》中还有另一类诗，即写行旅、山川、风物的，反映面非常广阔，又写得真切、细致、清新、多样；祖国的壮丽河山，人民的生活面貌，展卷如见，可以看作他的田园诗的延展和补充，也是值得我们重视的。

范成大的诗歌风格，前人亦曾有所指出，如"典雅标致""端庄婉雅""清新妩丽""奔逸""俊伟""温润""精致""秀淡""婉峭"等等不同的品目，虽各得其一端，而大率应以清新婉丽、温润精雅为其主要特色。他于前辈诗人，几乎无所不学：大抵于六朝鲍谢，唐代李杜、刘白、张王，中晚温李、皮陆、北宋欧梅、苏黄，皆下过深功；此外，韩愈、杜牧、王安石、陈与义等大家，也都对他有一定的影响。粗略说来，歌行古风，摄神太白；山川行旅，取径老杜；七律，极有樊川英爽俊逸之风；五律，时得武功细腻旖旎之格；乐府，力追王仲初峭峭之姿；绝句，颇擅刘梦得竹枝之调。因此，在宋诗中，最能脱略江西，饶有唐韵，卓然成为南宋一大名家。

石湖词，今传"知不足斋""彊村"本，寥寥一卷，早非全豹。例如其《丁酉重九》诗序所说："余于南北西三方，皆走万里，皆过重九，每作'水调'一阕，燕山首句云'万里汉家使'；桂林云'万里汉都护'；成都云'万里桥边客'……"今则只存"燕山九日作""万里汉家使，双节照中秋"一阕，可征散佚头多，已难论定。加之前贤月旦偶偏，后人因循不察，就给石湖词造成了不甚公平的评价。即如自从南宋周密《绝妙好词》选录了《眼儿媚》（萍乡道中乍晴，卧舆中困甚，小憩柳塘）等阕，后来选本多直承其旧，更不向集中别采瑶玛，以致有的评家竟以为石湖词格就只像《眼儿媚》所写的"春慵恰似春塘水，一片縠纹愁；溶溶泄泄，东风无力，欲皱还休"，读了使人浑身"懒洋洋"地没有一点气力。其实，品论古人是不可以这样以偏概全、以耳代目的。即以现存寥寥几十阕而言，已觉风姿时变，不主一格，而又颇有独到；如《水调歌头》之"细数十年事""万里汉家使"，豪宕激楚，完全是东坡、于湖的路数，假如杂入《稼轩集》中，后人应亦难辨；其《念奴娇》"吴波浮动"一首，尤有于湖旷放出尘之致。至《秦楼月》"香罗薄，带围宽尽无人觉；无人觉，东风日暮，一帘花落。　西园空锁秋千索，帘垂帘卷闲池阁；闲池阁，黄昏香火，画楼吹角"又极与放翁神契。如《三登乐》（一碧鳞鳞）篇，绝似北宋柳永羁旅之作。至如《醉落魄》"雪晴风作，松梢片片轻鸥落。玉楼天半褰珠箔。一笛梅花，吹裂冻云幕。　去年小猎漓山脚，弓刀湿遍犹横槊。今年翻怕貂裘薄，寒似去年，人比去年觉"，试看这岂是可用"吴侬软语"的风格来概括的？

但是在评议石湖词时，最为重要的，却还不能忘掉另一类作品，例如：

　　红锦障泥杏叶鞯，解鞍呼渡忆当年，马骄不肯上航船。　茅店竹篱开席市，绛裙青袂断姜田，临平风物故依然。

——《浣溪沙》

　　春涨一篙添水面，芳草鹅儿，绿满微风岸。画舫夷犹湾百转，横塘塔近依前远。　江国多寒农事晚，村北村南，谷雨才耕遍。秀麦连冈桑叶贱，看看尝面收新茧。

——《蝶恋花》

这种词，除苏、辛偶有类似之作外，在南北两宋集中实不多见；这又和他善写《田园杂兴》《村田乐府》等诗篇是紧相关联的。因此我们可以说，石湖词是有生活、有内容、有艺术，而又风格多变的，其长处尤在不循南宋词家雕琢藻绘的途径，故其成就并不在同时诸家之下。

石湖作品，在思想上受释道两家的影响较多，常有消极情绪出现，更坏的是有时写些偈子式的诗，排比禅语，了无意致；他的农村诗，一般说是应该肯定的，但他的阶级感情和趣味，也使他时有美化农村之处。在艺术上，也有粗率、浮滑、浅露、诡怪的缺陷；又有时嗜奇骋博，好用僻典。这些都是不足取法的。但总的说来，他以现实主义的方法，着重反映了时代社会生活、民族矛盾和阶级矛盾，洋溢着同情和关怀贫苦人民的精神；在艺术上，取精用弘，多方学习，自树一格，这些都是使他不愧为南宋大家的地方。

《杨万里选集》引言

一

亲爱的读者，我先介绍一首小诗给你：

小憩人家屋后池，绿杨风软一丝丝。
舆丁出语太奇绝："安得树阴随脚移？"

这首诗写的是：夏天行路在真州（今江苏仪征）道上，行人都又热又累，就在路旁人家屋后水边绿柳荫中坐下来，歇歇腿，凉快凉快。可是不能总坐在这里，要走了，真有点舍不得离开这块小小的清凉避暑之地，于是舆夫忽然说出一句"痴语"来："要是这'树阴凉儿'也跟着咱们一块儿走——那该多好啊！"

你看，这首小诗设想多么出人意表。

你一定猜想："这就是你要介绍的杨万里的诗吧？"你猜错了。这是清代郭麐的作品。郭麐，字祥伯，号频伽，著有《灵芬

049

馆诗集》；此篇是其初集卷三《真州道中绝句》四首之一。

这位诗人又在《登吴山望江二首》中写道：

飞鸟欲何去？翼然乘远风。

夕阳方在半，——忽堕乱流中！

你看他登吴山、望大江，才见夕阳还在半空，一眨眼，忽已落在江波流荡之中了！写得多么生动，多么活，仿佛如在眼前。别人的诗，多像一幅幅的画面，虽美，可是死的；他的诗，简直像电影，在你眼前动起来了，活起来了——而且活动得那么妙。

你一定读过不少的诗，可是你有过很多的这样的感觉吗？

你一定说，这郭麐真有点意思；他怎么这么会写诗呢！他的老师是谁？

他的这种诗的"老师"就是杨万里。

杨万里，你对他有些陌生吧？其实，在诗坛传统习惯上很少人直呼诗人之名，例如杨万里，多称之为"诚斋"。提诚斋，听着耳熟的或许就较多了。下面我还是用"诚斋"这个称呼——显得熟稔些，亲切些。

诚斋的诗，首先给你的印象就是这种奇趣，这种活劲儿，令你耳目一新，令你为之拍案叫绝。

还是举两首看吧——也看看郭祥伯学诚斋学得怎么样，及不及格。

岭下看山似伏涛，见人上岭旋（去声）争豪：

一登一陟一回顾，——我脚高时他更高！

    ——《过上湖岭望招贤江南北山》之二

雾天欲晓未明间，满目奇峰总可观。

却有一峰忽然长（zhǎng）！——方知不动是真山。

    ——《晓行望云山》

坐看西日落湖滨，不是山衔不是云：

寸寸低来——忽全没，分明入水——只无痕。

    ——《湖天暮景》

这种奇趣，这种活劲儿，就是诚斋的首创，也是诚斋的独擅。

奇与活之间，自然时时流露出风趣、幽默。这是读者可以体会得到的。试读这样的诗：

稚子相看（平声）只笑渠（他），老夫亦复小卢胡（笑貌）：

一鸦飞立钩栏角，——仔细看来还有须！

    ——《鸦》

这不但诗人和他的小孩子在笑，我们读者看了他们笑，也要跟着他们一起笑。

吕晚村（留良）在《宋诗钞》中给诚斋作评传时说过这样一段话：

后村（南宋刘克庄）谓"放翁（陆游）学力也，似

051

杜甫；诚斋天分也，似李白"①，盖落尽皮毛，自出机杼。古人之所谓似太白者，入今之俗目，则皆"俚谚"也。初得黄春坊选本，又得檇李高氏所录，为订正手抄之，见者无不大笑！呜呼，不笑，不足以为诚斋之诗！

这个笑，和刚才我们之所谓笑是两种不同性质的笑。我们的笑，是"奇文共欣赏"的笑；他们的笑，是对"俚谚"的嗤笑。

在那些嗤笑者看来，作诗的必须道貌岸然、板起面孔，写出些堂皇冠冕的话言，那才是"好诗"，才是"高格"；像诚斋这样子的，就是"俚俗"，是"粗鄙"，是"恶调"，是"叫嚣"，是"魔障"。——这些词儿都是前人确实对诚斋用过的，并不是我制造的话。

老子说过一句话："下士闻道则大笑。"吕晚村所遇到的那些人，不敢说就都是"下士"；但是他们可能是戴久了"传统诗派"的有色眼镜，乍看到这种新鲜活泼、迥不犹人的诗风，确实有点不习惯，因而就哗然大笑了。然而，"不笑，不足以为诚斋之诗"，这话真对。诚斋的诗，假如其独创性不是那么鲜明显著得动人耳目，哪怕是诚斋的前辈诗人们有过一位半位曾经胆敢这样写过诗，那"笑"的程度也就不至于那么"大"、那么哗然了。

试想，在我们来历久远的诗坛上，在诚斋之前，有苏李，有曹刘，有陶谢，有李杜，有高岑，有王孟，有韦柳，有元白，有韩孟，有张王，有温李，有皮陆，有欧梅，有苏黄，有秦晁……那风格特异、偏工独造，真是何啻千变万态！要想在这些大师的

---

① 见《后村大全集》卷一百七十四《诗话》前集。参看同书卷九十七《茶山诚斋诗选序》："汤季庸评陆、杨二公诗，谓诚斋得于天者不可及。"

脚下来再伐山林、重辟天地，若不是具有大见识、大手眼、大胆气，如何办得到？这见识、手眼、胆气，无怪乎有些"下士"要少见多怪、惊讶哗笑，因为那都是他们无法设想的啊。

明代王构（肯堂）的《修辞鉴衡》引过一段话："老杜'诗清立意新'，最是作诗用力处，盖不可循习陈言，只规摹旧作也。鲁直（北宋黄庭坚）云'随人作计终后人'，又云'文章切忌随人后'，此自鲁直见处也。"黄鲁直懂得这层道理，创立了自己的诗派；别人见他获得成功，也想学步，可是不知道要学他的精神，却去一味学他的死办法和酸习气，结果走入死胡同。诚斋却说：

> 传派传宗我替羞，作家各自一风流。
> 黄（庭坚）陈（师道）篱下休安脚，陶（潜）谢（灵运）行前更出头。
>
> ——《跋徐恭仲省幹近诗》之三

他正是以这种不肯傍人篱下、拾人遗唾的精神，达到了"推陈出新"的境界，创造了他的"诚斋体"①，在诗歌史上建立了自己的诗派；连他所最佩服的同时齐名诗人范石湖（成大），有时也要学一学他的诗体和手法②。他的另一诗友张功父（镃）在《南湖集》中说他"自作诗中祖"③，就指出了这一点。

---

① 名目见严羽《沧浪诗话·诗体》。原文是"杨诚斋体"。
② 可看《石湖居士诗集》卷二十九《同年杨廷秀秘监接伴北道、道中走寄见怀之什、次韵答之》七古，卷三十三《枕上二绝效杨廷秀》七言绝句。
③ 见卷四《杨伯子（东山）见访、惠示两诗、因次韵，并呈诚斋》。

二

讨论诚斋诗的，大都先要谈到他的奇趣和活劲儿，有个名目，曰"活法"。他的这个特色并不待后世人出来表扬揭示，他的朋友在当时就都能见到。张镃一再说过：

> ……今谁得此微妙法？诚斋四集新板开。
> 我尝读之未盈卷，万汇纷纶空里转。[1]

> 笔端有口古来稀，妙悟奚（何）烦用力追？[2]

> 造化精神无尽期，跳腾踔厉即时追。
> 目前言句知多少，罕有先生活法诗！[3]

葛天民说：

> 参禅学诗无两法：死蛇解弄活鲅鲅；
> 气正心空眼自高，吹毛不动全生杀。[4]

周必大说：

---

[1] 《南湖集》卷三《杨秘监为余言初不识谭德称国正、因陆务观书方知为西蜀名士、继得秘监与国正唱和诗、因次韵呈教》。
[2] 同书卷二《诚斋以南海、朝天两集诗见惠因书卷末》。
[3] 同书卷七《携杨秘监诗一编登舟因成二绝》。
[4] 《南宋群贤小集·葛无怀小集》叶一。

诚斋万事悟活法。①

略晚些的诗人，如刘克庄说：

后来诚斋出，真得所谓活法、所谓流转圆美如弹丸者，恨紫微公（吕本中）不及见耳。②

再晚些，元代刘祁则说：

李屏山（李之纯）教后学为文，欲自成一家，每日"当别转一语，勿随人脚跟"。……晚甚爱杨万里诗，曰："活泼剌底人难及也！"③

方回评及《南湖集》时也说"端能活法参诚叟"，说诚斋是：

飞动驰掷。④

这几乎是有目共睹，众口一词⑤。至于现代人最能欣赏诚斋诗而又善于拈举的，当推钱锺书先生，他说：

① 《平园续稿》卷一《次韵杨廷秀待制寄题朱氏涣然书院》。
② 刘克庄《江西诗派小序·总序》。
③ 见《归潜志》卷八。
④ 《南湖集》卷首方回《读张功父南湖集》诗并序。
⑤ 惟清人全祖望《宋诗纪事序》却说："东夫之瘦硬，诚斋之生涩，放翁之轻圆，石湖之精致：四壁并开。"颇异众人。

以入画之景作画、宜诗之事赋诗，如铺锦增华，事半而功则倍。虽然，非拓境宇、启山林手也。诚斋、放翁，正当以此轩轾之。人所曾言，我善言之：放翁之与古为新也；人所未言，我能言之：诚斋之化生为熟也。放翁善写景，而诚斋擅写生；放翁如画图之工笔，诚斋则如摄影之快镜：兔起鹘落，鸢飞鱼跃，稍纵即逝而及其未逝，转瞬即改而当其未改；眼明手捷，踪矢蹑风：此诚斋之所独也。[1]

这段话把诚斋的"活法"阐发得真是曲尽其妙。

诚斋诗的"活法"，除了包括着新、奇、活、快、风趣、幽默几层意义之外，还有一点，就是层次曲折、变化无穷。陈衍（石遗）曾说过两段话：

宋诗人工于七言绝句而能不袭用唐人旧调者，以放翁、诚斋、后村为最：大抵浅意深一层说，直意曲一层说，正意反一层、侧一层说。[2]

这很对。对诚斋说来，则又不限于七绝一体。

夫汉魏六朝诗岂不佳？但依样画胡芦，终落空套。作诗当求真是自己语。中晚唐以逮宋人，力去空套。宋诗中如杨诚斋，非仅笔透纸背也，——言时折其衣

① 钱锺书《谈艺录》页一三八。
② 《石遗室诗话》卷十六。

襟，既向里折，又反而向表折，因指示曰（按此系其门人记录他的谈话，故有此插语）：他人诗，只一折，不过一曲折而已；诚斋则至少两曲折。他人一折向左，再折又向左；诚斋则一折向左，再折向左，——三折总而向右矣。生（谓其门人）看诚斋集，当于此等处求之。①

这个譬喻更是生动具体，善巧方便，实实有助于我们的了解。

诚斋的五、七言古体诗，笔致尤活，层次尤多。试读一首五古：

> 仰头月在天，照我影在地。
>
> 我行影亦行，我止影亦止。
>
> 不知我与影，为一定为二？
>
> 月能写我影，自写却何似？
>
> ——偶然步溪旁，月却在溪里！
>
> 上下两轮月，若个（哪个）是真底？
>
> 为复水是天？为复天是水？
>
> ——《夏夜玩月》

再看一首七古：

> 老夫渴急——月更急：酒落杯中月先入！

---

① 《陈石遗先生谈艺录》叶一。

领取青天并入来，和月和天都蘸湿。

天既爱酒自古传，月不解饮真浪言。

举杯将月一口吞，——举头见月犹在天！

老夫大笑问客道："月是一团还两团？"

酒入诗肠风火发，月入诗肠冰雪泼。

一杯未尽诗已成，诵诗向天天亦惊！

焉知万古一骸骨，——酌酒更吞一团月！

——《重九后二日同徐克章登万花川谷月下传觞》

你看，这样的诗，是不是大艺术家的一种"绝活"？评家说他"笔端有口"；其实，"口"又有几个是这般的妙口？看他横说竖说，反说正说，所向皆如人意，又无不出乎人意，一笔一转，一转一境，如重峦叠起，如纹浪环生。所以讲他的"活法"，迅疾飞动是一面，层次曲折又是一面。

周必大跋上面的后一首诗说：

韩退之（愈）称柳子厚（宗元）云："玉佩琼琚，大放厥辞。"苏子瞻（轼）答王庠书云："辞，至于达而止矣！"诚斋此诗，可谓乐斯二者。①

这不能不算赏音。可惜仍嫌未能道着真肯綮。能"放"能"达"的文章，古今来指不胜屈；像诚斋这样的活法，恐怕未必都同时来得吧。

----

① 《省斋文稿》卷十一《跋杨廷秀饮酒对月辞》。

三

上来的这么多话，都讲的是诚斋的"活法"。不讲是说不过去的，因为这是他的重要特色之一；所以大家谈他时也都喜欢讲讲。可是，假如读诚斋诗而只见"活法"，不见其他，那就未免又"死"于"活法"之下。说诚斋不以"活法"见长，固然不可；说诚斋只以"活法"见长，恐怕同样地不可。看了大家都讲诚斋的"活法"，于是读诚斋诗，就一地里去寻找"活法"，是会出毛病的。

我们或许说，他的诗若不都合"活法"，这不足为异：他在"活法"用不上时，在独创性不够时，在学古不化时，在文思不至时……都可以写出"非活法"诗，写出和传统诗风无大差别的诗来，这也是理所当然，就不必再提到话下了。

有这么一想。可是我的意思还不在于此。

讲"活法"，又要讲"非活法"（姑且如此妄称），好像"活法"和"非活法"是两种截然不同、两无交涉的事，或者说，"活法"之外，别有一种"法"，说不得"活"——当然也说不得"死"，但总之是得另立一项名目了。

可以这样理解；但也不可以仅仅如此理解。

真正的问题恐怕在于：要把"活法"只看作是"耍笔头""掉枪花"，打一趟子"花拳绣腿"，卖弄一路"小聪明"，乃至打打诨、抓抓哏，使观者有点眼花缭乱，由不得眉开眼笑，觉得"倒好耍子"——这样是不是正确？

假如只把"活法"如上述那样去理解，自然诚斋诗中就有许多好像不属于"活法"的；假如还不可以那样去理解，还有一些别的道理在作用着，那么看上去不属于"活法"的，却也未尝不和"活法"有瓜葛。

有一则小故事，很耐人寻味。

读过《千家诗》的，都知道那一首为大家所习诵的小诗：

梅子留酸软齿牙，芭蕉分绿与窗纱。

日长睡起无情思（去声），闲看儿童捉柳花。

这就是诚斋有名的《闲居初夏午睡起》绝句。粗粗一看，很可能以为这是官僚、士大夫们吃饱了无事做、闲得不耐烦的作品，根本要不得。我要提醒读者：不了解那个作者彼时彼地的具体处境、时代背景，又不了解他的独特的笔法和用意、思想和作风，这样去看诗，有时是很误事的。当日诚斋的这首诗，被张紫岩（浚。南宋最坚决的抗金爱国的名将兼名相，诚斋平生最服膺的师友之一）看见了，读后喜曰："廷秀（诚斋的字）胸襟透脱矣！"①

这句评语，真是出乎我们一般的意想之外："这不有点风马牛不相及了吗？"

张浚对这首诗的全部理解如何（古人评诗文，往往只就一点一面而借题发挥），我们不得而知，知了也未必全然符合我们今天的认识。此刻要说的是：他那句话却正道着了诚斋"活法"的又一面。这倒不必因为张浚是理学家之一而说他是戴了道学眼镜

---

① 《鹤林玉露》卷十四。

去评诗，正如同诚斋是南宋时"于道学有分"者，不害其为能懂诗、会作诗的人。

诚斋自己在《和李天麟二首》五言律中曾说：

学诗须透脱，信手自孤高。

又说：

参时且柏树，悟罢岂桃花？

这后面两句是用了禅宗的两则小故典，其用意也可说就是要阐明"透脱"之义。他又在《蜀士甘彦和、寓张魏公（浚）门馆、用予见张钦夫（杖。浚之子）诗韵作二诗见赠、和以谢之》五言律里说：

不是胸中别，何缘句子新？

正说明同一个意思——也正可以和上引张浚"胸襟透脱"的话相印证。大约甘彦和、杨诚斋、张钦夫等，都和张浚互相讲论过这个道理，所以诚斋这里就写出了"若不是胸襟透脱，怎能得诗句清新"这番意思。

透脱——什么叫透脱呢？这是很难讲说的。逼不得已，鲁莽些说，透脱就是"执著"的反面。禅宗的门徒问师父："如何是祖师（达摩）西来意？"师父不正面来回答、来说明那个"西来意"，却说道："庭前柏树子（子是语尾虚词，如同'树叶子'的

'子')！"笨学生不懂老师是力破他发问中的那一点"意"（拘执于向"意"上去求解，就要离开了所要学的和"意"完全无干的真目标了），因此就随眼随事地指向院中生长着的一棵柏树，意思犹如说："院子里长了棵柏树！——这又有甚'意'？"这学生不会师意，就死抱住老师所指的那棵柏树不放松，要向它去"参悟"道理——可是那能参得到什么呢？结果必然愈"参"愈远。这就是"执著"于柏树，也就是禅家所说的"死于句下"了。

透脱，就是不执著的结果。——为了避免越说可能越"玄虚"，不妨简单地说成是：懂得了看事物不能拘认一迹、一象、一点、一面，而要贯通各迹、各象、各点、各面，企图达到一种全部透彻精深的理解和体会（他们能不能做到这一点，那全然是另一问题，我们这里只要知道他们至少在主观愿望上和努力探索的精神上是如此的）；能够这样了，再去看事物，就和以前大大不同，心胸手眼，另是一番境界了。这就是他们所说的透脱。〔参看四二至四五页（编者按,《杨万里选集》原书页码)《和李天麟二首》注释。〕

在此来谈这些，不是说"禅理"、讲"道学"；是说明，要想较比"掉笔头""耍枪花"等等更为深刻正确地了解诚斋的"活法"，必须知道他心目中有这样一层道理，而且他自己曾明白地提出来，要作为学诗的一种"法门"。这也就可以说明，他的作品所以具有那种特色，确是和他这种见解有关系的。

了解这层关系，颇有必要，因为这样就不至于把他的"活法"理解为是一种"文字把戏"，是一种"油腔滑调"，就不至于把诚斋诗误认为仅仅是一种"聪明灵巧"类型的"玩意儿"。这是很要紧的一点。

同样道理，了解了上述关系，也就不至于把"日长睡起无情思"真认作是吃饱了闲得不耐烦的作品，也不至于像禅门学生"参柏树""吃桃花"一样地执著于"捉柳花"了。这点恐怕也很要紧。

再举个小故事。诚斋有一首绝句，说：

> 饱喜饥嗔笑杀侬，——凤凰未必胜狙公。
> 幸逃暮四朝三外，——犹在桐花竹实中！
>
> ——《有叹》

刘后村读了，竟然"不晓所谓"；而"晚始悟其微意"。这微意是什么呢？刘后村"悟"得有点道理：原来诚斋从江东漕臣辞官归里，仍领祠禄（宋代优待官僚们，他们和朝廷意见不合的，愿意去职的，有过失的，就给个"祠官"的空衔，不任事，不到班，回家净领官薪，等于养老、退休）。作者自己向自己开了火，大加讥讽：你以为你弃官离职就"清高"了吗？是"凤凰"了吗！你以为你这样就不再像猴子受养猴的"朝三暮四"（喂食时的愚弄手段）的摆布了？可是你这"凤凰"不还是吃人家的"桐花"和"竹实"（传说中凤凰以此二物为食）吗——要靠祠禄吗？你这凤凰究竟比猴子清高多少？

果然，诚斋在此诗作后不久就连祠禄也谢绝了，真正地、彻底地"挂冠"为民了[1]。

这也是一种"胸襟透脱"的表现。至于作者，本意可以是自

---

[1] 见《后村大全集》卷百七十四《诗话》前集。

喻，如刘后村所解；而在读者衡量，这对当时封建官僚们说来，又有其较普遍的现实意义了。

这种手法（其实也要包括看法），说仍然是传统的"比兴"体，"寄托"义，固可；说是他的"活法"中之一法，也无不可。这样去认识活法，活法乃大；他这样去运用活法，活法乃正。

诸家对"活法"一词的认识，本也并不尽同。例如人都说吕本中才是首倡"活法"这一理论的，但吕本中只说：

> 学诗当识活法。所谓活法者：规矩备具，而能出于规矩之外；变化不测，而亦不背于规矩也。是道也，盖有定法而无定法，无定法而有定法。知是者，则可与语活法矣。
>
> ——《夏均父集序》，《后村大全集》
> 卷九十五《江西诗派》引

他的主旨是讲作诗的"规矩"，如何运用"定法"、变化"定法"之道，而"规矩""定法"是指诗律、句法一类的东西，还没有超出音节、格式、文法、章法的圈子。诚斋的活法，虽然也可以包括着这一层而言（他运用得确很灵活，变态多方），但其真精神却早已跨越了吕本中的范围而指向作品内容方面的事情，关系到作者的认识事物的方法问题，要探本穷源得多了。至于我们初步只看到他的笔致、笔意特别活而不板的现象，那则是他在认识上、表现上都实践了他的理论的结果了。

谈诚斋的活法，应当看到这些区分和联系，庶几不致拘于一隅，也才不致以此为彼地搅乱了。

上面我们说了许多的"旧话"，但对于诚斋活法的另一则要义却还没有接触到，就是：对诚斋（和他的学生）说来，"活法"同时还就是他的浪漫主义。

读者请想，若是我们一般人，在人家屋后池边柳荫中歇了，舍不得走开，要写诗，不过写出些这地方多么好啊！我是多么舍不得离开啊，恨不得我不是行路人，就住在这里才好啊！等等，而绝写不出"安得树阴随脚移"。道理安在？就因为我们只执著于上面的那种思路、理路，被我们的"常识"拘管得寸步难移：柳树是木科植物，木科植物是扎根入地、土生土死的，万世不会移动；日光投射在它身上，落不到地面，才成为树阴；树既不会走路，"阴"当然不可能"移"。说树阴要移，那不是捣乱吗？说梦话吗？

要是都这样来讲死理，就没有什么"活法"了——也就没有什么浪漫主义了。

宋代讲"活法"的不一其人，可是并不能都写出富有浪漫主义精神的好诗来。这也就是诚斋的"活法"不尽同于他们的"活法"，亦即其独立价值的所在。

四

讲诚斋的"活法"，不只是为谈他作品的艺术性，更重要的目的是要通过他的"活法"来看其思想性。作品的思想内容之有无、深浅，固然先是取决于思想内容的本身的存在和情况，但是作者的表现方式、手法、作风，和我们读者对这一特定方式、手法、作风的理会的程度，也会影响到我们的"目力"和"视界"，也就影响到我们的判断和衡量的问题（至于我们对作品能不能充分掌握其创作背景、其他条件等等，也同样要紧，但这个问题就不必在诚斋身上特别提出来了）。

诚斋有一篇《颐庵诗藁序》，说：

> 夫诗何为者也？尚其词而已矣；曰：善诗者去词。然则尚其意而已矣；曰：善诗者去意。然则去词去意，则诗安在乎？曰：去词去意，而诗有在矣。然则诗果焉在？曰：尝食夫饴与荼乎？人孰不饴之嗜也？初而甘，卒而酸。至于荼也，人病其苦也；然苦未既，而不胜其甘。——诗亦如是而已矣。昔者暴公谮苏公，苏公刺之；今求其诗，无刺之之词，亦不见刺之之意也，乃曰："二人从行，谁为此祸？"使暴公闻之，未尝指我也，——然非我其谁哉？外不敢怒，而其中愧死矣！三百篇之后，此味绝矣；惟晚唐诸子差近之。……

这就说明，诚斋对诗的理解和要求，和对其他文章是迥然不同的。他认为，作诗不能是像作论文一个样的作法。作论文，就是要径直地讲道理、宣意旨，开门见山，单刀直入，有啥说啥，实话实讲。作诗却要用完全不同的表现法了。诗，不能像糖。因为糖得要甜，所以就得让人放在嘴里马上就感觉甜才行，否则人就会不满意，说这糖真糟透了！哪里还成糖？而且因为人对糖的要求只是一味"甜"而已，别的不要糖来承担义务，所以糖也用不着在"甜"以外再具备什么奥妙。诗要是这样，那就完了！那就是令人感觉肤浅的东西了，读者没有多少经验时可能一下子很喜欢这样的作品；有些水平，就会感到不满足了。

照诚斋的意见，诗应该像茶才行。茶并不是让人一下子就得其真味的（小孩子不会喜欢喝茶；却可能把市上熏茶的茉莉花香当作茶香，那当然又是另一问题了），因为茶不是把它的真味摆在最表皮、最浮面上，而是让你"品"而后得，回味而甘的。诗，正应当像茶味那样，不是把词意径直浅露地摆在表皮、浮面，而要将词意酿化而成一种具有深度的"味道"，须使读的人经过涵泳玩味才能领略感受，而领略感受之下却又说不出，道不得，也无法传达给别人。——这才是诗的艺术，诗的力量。

他又举具体的例子说：

> 寄边衣曰："寄到玉关犹万里，——戍人犹在玉关西。"吊战场曰："可怜无定河边骨，犹是春闺梦里人。"折杨柳曰："羌笛何须怨杨柳，春风不度玉门关。"三百篇之遗味，黯然犹存也。近世唯半山老人（王安石）得之。予不足以知之，予敢言之哉？

则可见他所仰慕、祈向之所在了。这才是他说"去词去意而诗有在"的真意旨，并非真正主张作诗连词句也不要考究、连意思也不要存在的一种"空"物而已。

他的意见止确不正确呢？这是个讨论起来很麻烦的题目，不是几句话所能谈清楚的。不过我们这里并不是要来回答这一问题，而是要说明，由于诚斋的主张是这样，那么他自己的表现手法就不会是与此相反的，而假如我们忽略了这一点，还拿衡量一般论文乃至衡量那些径直显豁的表现方式的诗作的标准来衡量诚斋的诗，自然就会失却了他的那种"遗味"了。——"遗味"之得失，也许还不要紧，要紧的却是这样一来，我们对他那些作品的思想性的强弱深浅也会在认识上有所阻阂了。

关于这点，不得不费些事来说明一下。

诚斋在宋光宗绍熙改元的那一年（1190），在秘书监任上，奉命借焕章阁学士，为金国贺正旦使的接伴使。诚斋此一行，写出了一连串极有价值的好诗，甚至可以说在全集中也以这时期的这一分集（《朝天续集》）的思想性最集中、最强烈。在这一连串诗中，为首的是他第一次要渡长江往北迎接敌使的《过扬子江》两首七律。这两首诗是很有名的，曾获得赏音的：

只有清霜冻太空，更无半点荻花风。
天开云雾东南碧，日射波涛上下红。
千载英雄鸿去外，六朝形胜雪晴中。
携瓶自汲江心水，要试煎茶第一功！

天将天堑护吴天，不数殽函百二关。
万里银河泻琼海，一双玉塔表金山。
旌旗隔岸淮南近，鼓角吹霜塞北闲。
多谢江神风色好：沧波千顷片时间。

大家都看到诗是不坏，但是不少人也同时抱憾：这么好的诗，为什么两首的两处结句却是如此地"泄气"？——因为，这样写，都写"走"了！无论如何得说是败笔了。

清代大诗评家纪昀在评前一首时却提出了他自己的看法，说：那结句是"用意颇深——但出手稍率，乍看似不接续。"①

纪昀毕竟是有眼光，看出"似不接续"的问题恐怕不能浅之乎视之，作者于此另有作用，而且其"用意颇深"。这实在有见头。不过，他认为那"颇深"的"用意"是什么呢？他说：

> 结乃谓人代不留、江山空在，悟纷纷扰扰之无益，
> 且汲水煎茶，领略现在耳。

这简直糟透了！纪昀这人有时很有些眼力识解，有时却荒谬绝伦，至令人不能置信。

原来他说的什么"人代不留""江山空在"，就是在注解原诗腹联"千载英雄鸿去外，六朝形胜雪晴中"两句的。这两句，高明如纪昀，竟会不懂，直如小儿之见，真乃异事。那两句，明明是借古吊今，"千载英雄"，指的就是绍兴年代乃至乾、淳之际的刘、岳、韩、张诸位大将，国之干城（姜白石所谓"诸老凋零极可哀"的诸老）；"六朝形胜"，就是指"直把杭州作汴州"的南宋小朝廷（因为它也是"偏安江左"）：这意思，不用说看诚斋全集，单是翻一下《朝天续集》本卷，也会见得出是了如指掌。诚斋原句，以表面壮阔超旷之笔而暗寓其忧国虑敌之夙怀，婉而多讽，微而愈显，感慨实深，怎么竟给讲成是"人代不留""江山空在"的滥调了呢？这不是荒谬已极了吗？

纪昀的荒谬并不止此，最谬在于"纷纷扰扰之无益"和"领

---

① 见《瀛奎律髓刊误》卷一"登览类"叶十五纪评。

略现在"。诬人至于此极，只能说明纪昀并未读过诚斋全集，开口乱道。诚斋的思想和纪昀的思想，可说是"君处北海，吾处南海"，千里万里。

诚斋此行诸作中，有一首《雪霁晓登金山》七古 ①。那金山，也就是前面那首七律中的"一双玉塔表金山"的金山。在七古中，他也以表面赞美之词热闹之笔写了金山一顿"金宫银阙起峰头，槌鼓撞钟闻九州"等等，——然后忽然在结尾说出了下面两句话：

——大江端的替人羞！金山端的替人愁！

真可谓石破天惊，雷轰电掣，令人为之变色！只这两句，就把南宋耻辱小朝廷算是挖苦到家了！诚如他所说的："今求其诗，无刺之之词，亦不见刺之之意也，……使暴公闻之，未尝指我也，——然非我其谁哉？外不敢怒，而其中愧死矣！"

他说："三百篇之后，此味绝矣；惟晚唐诸子差近之。"于此，我们乃不妨说："南宋诚斋亦差近之。"

至于是什么具体事件使他如此痛切感愤而出此的呢？也有故事：原来当时金山绝顶建有吞海亭一座，亭名甚壮，"登望尤胜"；可是这亭作什么用呢？是"每北使来聘，例延至此亭烹茶"的！——当时亭馆皆极壮丽，专为招待金使，"殷勤"无所不至。

明白了这一故事，然后才明白，诚斋的那"羞"、那"愁"为何会如此深切（原诗上两句明明说出"天风吹侬上琼楼，不为浮玉饮玉舟"），也然后才明白，为何他一渡扬子江，望见金山，

---

① 本书（《杨万里选集》）已选入，请检看，见第一七八页。

便写出了"携瓶自汲江心水，要试煎茶第一功"的话来了！

那是诗人多么深刻沉痛的感慨羞愤啊！——而被不明深意的人看成为"败笔"；看出"用意颇深"的人，又把深意歪曲作"纷纷扰扰之无益，且汲水煎茶，领略现在耳"。这就无怪乎诚斋在评论李咸用的诗时曾有"桓灵宝哀梨"之叹了。

问题是，假如我们不了解诚斋的这种表现方式、手法、作风的话，就会影响到我们的"目力"和"视界"，影响到我们的判断和衡量，而可能认为诚斋诗谈不到什么思想性，他只会描写自然琐碎景物，兴趣不在国计民生，不免有"远离时代社会现实"的缺点——我个人一度就有过这样的看法。

后来愈读愈觉得不是那么回事，没有那样简单。诚斋临卒以前不久，自理诗卷，曾经写道："南窗两横卷，一读一沾襟！只有三更月，知予万古心！……"这位八十岁的老诗人面对着平生呕心之作，流着眼泪，而说出这样沉痛的话来，是什么缘故？假如我们掉轻心、失具眼，把他的千秋万古的苦心密意都给"看没了"，岂不是非常对他不起了吗？

五

诚斋对诗的理论，有一篇正式的文章——《诗论》。我说"正式"，是相对于他的《诚斋诗话》和一些"诗序"类的零言碎语、闲谈琐录而说的。我们如果要考察他的诗的理论，固然不能全丢开他的零碎言论，可也更不能不着眼于"正式"的文章。

《诗论》说：

天下之善不善，圣人视之甚徐而甚
迫。甚徐而甚
迫者：导其善者以之（至）于道，矫其不善者以复于道
也。……天下皆善乎？天下不能皆善，则不善亦可导
乎？圣人之徐，于是变而为迫。非乐于迫也，欲不变
而不得也。迫之者，矫之也。是故有诗焉。诗也者：矫
天下之具也。

诚斋认为：诗（本指《诗经》，但意义当然通于一般古典诗歌，
故作泛语看正自不妨），不是别的，只是矫正不善的工具。

　　他说：

　　而或者曰："圣人之道，礼严而诗宽。"嗟乎！孰
知……诗之宽为宽之严也欤？……盖天下之至情：矫生
于愧，愧生于众。愧，非议则安，议，非众则私。安，
则不愧其愧；私，则反议其议。……圣人……于是举
众以议之，举议以愧之。则天下之不善者，不得不愧。
愧、斯矫，矫、斯复；复、斯善矣。——此诗之教也。
诗果宽乎？耸乎其必讥，而断乎其必不恕也！诗果不
严乎？

　　他认为：诗是群众的意见，有过必讥，断不宽恕。是一种最
严厉的批评。

　　他说：

　　诗人之言，至发其君宫闱不修之隐慝，而亦不舍

匹夫匹妇"复阙（闗）"、"溱洧"之过；歌咏文武之遗风馀泽，而叹息东周列国之乱哀穷屈，而憎贪谗。深陈而悉数，作非一人，词非一口，则议之者寡耶？

他的例证说明了讽刺讥议是古代诗歌的主要任务。

今夫人之一身，暄则倦，凛则力；十日之暄，可无一日之凛耶？《易》《礼》《乐》与《书》，暄也；《诗》，凛也。人之情，不喜暄而悲凛者，谁也？不知夫天之作其倦、强其力而寿之也。

诚斋认为，这种群众的讥议，好比冷天气对人的刺激，可以使他振作、强健起来，活得更久些。

像这样的认识，在我国的诗歌文艺理论批评史上，称得起是卓见；比起最著名的白居易的"讽喻诗"的理论来，至少并无逊色。

在《和李天麟二首》中他写道：

句中池有草，字外目俱蒿。

就是说，作诗，词采诗风，要像六朝大诗人谢灵运因梦谢惠连而写出"池塘生春草，园柳变鸣禽"那样的清新自然的佳句，而内涵意旨，要"蒿目而忧世之患"（《庄子·骈拇》），——关切国家社会、世道民生。

他在《和段季永左藏惠四绝句》中说：

道是诗坛万丈高，端能办却一生劳。

阿谁不识珠将（和）玉？若个（谁人）关渠风更骚？

风骚就是《诗经》《楚辞》中"缘政而作"、批判现实的那种现实主义和浪漫主义的优良传统。空有"珠玉"般的美好字面而无关"比兴""美刺"之道，诚斋对这种诗表示了他的不满。

这些，是他的创作理论。我们想要认识诚斋的诗，自然不能无视于这些地方。

当然，光"说"不算，还要看"作"。我们应当看看他的实践和言论合不合套。

清人潘定桂有《读杨诚斋诗集九首》七律[①]，对诚斋诗颇致赞赏，其第二首说：

一官一集记分题，两度朝天手自携。

老眼时时望河北，梦魂夜夜绕江西；

连篇尔雅珍禽疏（去声），三月长安杜宇啼；

试读渡淮诸健句，何曾一饭忘金堤？

腹联两句以下，尤为能相赏诚斋于"牝牡骊黄之外"。他这里的提法是极有见地的。只是他既然还是就诚斋的《朝天续集》那一部分而举例（这一部分诗，如前所说，是诚斋奉命作迎接金国来使时所写，由杭州出发，远渡江淮，一路所见，触目伤心，

---

① 《楚庭耆旧遗诗》后集卷十九。

悲羞忧愤，成为他诗集中思想性最突出、最集中的一部分），就可能使不善读者仍旧误会为诚斋只有这一集中写出了些爱国诗。

我们不妨试先就开卷第一集《江湖集》来看看情况。

宋高宗的耻辱"小朝廷"，延续了三十五六年之久，好容易盼得他传位给"有志恢复"的孝宗，一上来就掀起了二十年来所未有的北伐抗敌之战，人心振奋已极，不幸连胜之后，忽遇一小挫折，致成"符离之溃"，孝宗马上罢撤爱国抗战派，进用投降求和派，割地请和，并下诏"罪己"，以北伐为犯了"大错误"，自打嘴巴。诚斋有《读罪己诏》三首五言律，谆谆劝告孝宗万不可惩此小失就中途变策，必须发奋自强，定有后效可图。清代翁方纲最看不上诚斋诗，把它当作"魔障"，也不能不承认这三首诗是"极佳"的好诗（不过他以为诚斋好诗只有这三首，别的一笔抹杀了，那份"势利眼"可真够瞧的）①。

《路遇故将军李显忠、以符离之役私其府库、士怨而溃、谪居长沙》诗，也就这一败役发抒了他的感慨。

《道逢王元龟阁学》，对皇帝任用奸党，忠臣一个一个被排挤离去，致其叹愤。《纪闻》，对朝廷新除授的非材，加以婉讽。《跋蜀人魏致尧抚干万言书》，太息国人进献长策之徒然枉费、毫不见采。《故少师张魏公挽词》，对爱国宿将名臣张浚的赍志以殁，深表悲痛。《读张忠献公谥册感叹》，叹张浚，也就是叹国计之日非。《虞丞相挽词》，挽吊采石抗战的虞允文，至比之为诸葛。……

《立春日有怀二首》，警劝翰林词臣们，应该懂得点规谏之

---

① 见《石洲诗话》卷四。

道，不要再以绮语艳词来"启导"皇帝了。《又和（萧伯和）风雨二首》，完全是借春光来讥讽朝政。《济翁弟赠白团扇子一面、作百竹图、有诗、和以谢之》是借扇子来比喻国家半壁河山为人断送。《豫章江皋二首》，则也是寄托家国之怀……这些诗就有比较明显的，就有十分深隐婉蓄的了。其余很多写愁怀的，分明也不是"闲愁闲恨"。

至于关念民生的，如《视旱遇雨》，如《悯农》，如《农家叹》，如《悯旱》，如《旱后郴"寇"又作》，如《宿龙回》，如《旱后喜雨》，如《过西山》，如《辛卯五月送邱宗卿太傅出守秀州》之一，如《观稼》，如《农家》，如《秋雨叹》……

诗也许有高有次，但总不能否认它们的具有内容、不是和社会现实距离很遥远的。

秦桧，这个彻底投降卖国的大汉奸，不但生时凶焰万丈，人人畏之赛过豺狼神鬼，谈虎色变〔宋人笔记载有一则：某人狂放自负胆量气节，人谓曰：你若敢讲一个人的话，我即服你。他问是谁，其人附耳，方说得一个"秦"字，他变色掩耳急走，口内连呼："放气！放气（放屁）！"人传以为笑。我看这倒不是此人堪笑与否的问题，正足见彼时之"空气"是多么可怖了！〕即在死后，因他关系太巨，也很少人敢于触犯时讳，在诗中评议他。可是诚斋却在《宿牧牛亭秦太师坟庵》中写道：

函关只有一穰侯，瀛馆宁无再帝丘！
天极八重心未已，台星三点坼方休。
请看壁后新亭策，恐作帡中属国差！
今日牛羊上丘垄，不知丞相更嗔不（fōu）？

这诗一上来就提出：为国柱石、兴亡所系的贤相只有一个，可是横加诬陷放废送死完事；而像唐朝许敬宗那样善媚"人主"的巨奸却不难再遇——秦太师果然"遭际明君"了〔推之，他的门徒们（像汤思退之流）也岂难继掌国柄！〕三、四两句说："太师爷"若不"寿终正寝"，是不甘于仅仅"位极人臣"的——他阴蓄异志，要做金国牵线的傀儡皇帝（像刘豫）。五、六两句对太师爷死前还要图谋把已然在他残酷迫害之下的全国忠义爱国人士五十余位一网打尽的"伟大计划"进行了尖刻的讽刺！

宋高宗的居心是有其不可见人的隐微的，正如明代文徵明的词所说："叹区区、一桧亦何能？——逢其欲！"和清代郑板桥的诗所说："金人欲送徽、钦返，其奈中原不要何？"他为了保持他自己的"中兴事业"，不惜任何代价，而他又要顾全"面子"，他的被金人掳去的皇帝父亲和皇帝哥哥既然"不宜"回国，而他又要尽"孝道"，怎么办呢？妙得很！他决意既不接还他父亲，也不接还他哥哥，他却装得哭哭啼啼的，口口声声想他的"庭帏"——生母韦后（史称显仁太后），死也要接还她。他的愿望实现了，——可他付了一笔可观的"接母费"！这笔费用计开：称"臣"于金，受金人的"册封"，自居"藩国"，皇帝要向金人叩头行礼；每年向金国纳"贡"，银、绢各二十五万（两、匹），其余礼物不可胜计；以淮水、大散关为界，半壁山河亿万人民送给敌人；割唐、邓二州，商、秦之半给金国；——最重要的，还要自己杀死敌人最怕的岳将军，因为金人表示过：不杀岳飞，金、宋是不能言和的。他用这样高的代价，换回来一个六十岁的老太婆，算是惟一的"胜利"和"遮羞布"，大事铺张庆贺。对这事情，诚斋却发表了一点意见。

他写了一首《题曹仲本出示谯国公迎请太后图》。

诗的起头，说："德寿宫前春昼长，宫中花开宫外香（全是讽刺）。太皇（高宗）颐神玉霄上，都人久不瞻清光。"——忽然又有机会见着他了：原来是在这幅迎母图的画里他出现了。接着写画中景象，点破题，然后就说：

> 向来慈宁（指韦后）隔沙漠，倩雁传书雁难托。
> 迎还騕褭彼何人：魏武子孙曹将军（曹勋）。
> 将军原是一缝掖（书生），忽攘两臂挽五石（弓）。
> 长揖单于（指金国皇帝）如小儿，奉归慈辇如折枝。

夸奖了曹勋（他是当日的奉迎使臣）一顿功劳以后，乃说：

> 功盖天下只戏剧，笑随赤松（仙人）蜡双屐，飘然南山之南、北山北。

这是为何呢？原来——

> 君不见：岳飞功"成"不抽身，却道秦家丞相嗔？

真好结尾！这才叫"曲终奏雅"。若只为了比喻"功成身退"，或功成不退而被祸，举多少例子举不出？（例如韩信，不好吗？）为何单单要举岳飞？他分明带笔点明了从金国接回韦后的真"价钱"，把问题提到尖端了。

他有一首《过石磨岭、岭皆创为田、直至其顶》绝句，说道：

翠带千镶束翠峦，青梯万级搭青天。

长淮见说田生棘，此地都将岭作田！

　　他看到山岭地区，耕地稀罕，都在山坡一层层地开为"梯田"，于是想到，淮河沿边，千里荒芜，弃而不耕，却挤得此地只好耕山岭了！——不消说，长淮以北半壁河山若仍属自家，不知可抵多少梯田耕用?！这所谓"大道上洒香油，小路上拣芝麻"了。把两件事结合起来，一经拈举，精彩百倍。这是多么深刻的讽刺！

　　这样写诗，不愧是实践了他自己的"耸乎其必讥，而断乎其必不恕"的理论。

六

　　上面只就他的诗来说话。若谈到他的文，那么看看它有无内容及思想性，对了解这个作家，也是有帮助的。

　　这里说文，是较广义的，包括诗、词以外的各体文字而言，里面有赋。赋是一种介乎诗、文之间的体制，它的章法、叙致，近乎文，而用韵、修辞，有时近乎诗；叙述故事，和后来兴起的传奇、小说又有些渊源。早些的，很多是张皇铺叙京都宫室的大篇，写山川、动植、物产、珍宝……简直像类书；较晚的，变为咏物、抒情的小赋，但也多数逃不出堆砌典故、罗列名物、考究词藻的风气。总之，要讲思想性、人民性，是不太多的。下面我们选了诚斋的两篇赋:《海鳅赋》和《浯溪赋》。

《海鳅赋》是写采石之役,宋朝以海鳅船大破要想渡江南侵的金兵,建立奇功,化险为夷的主题,由金国完颜亮的骄气十足写起,写出海鳅船的神妙,敌人的愚蠢和惊慌失措、大败而逃,最后死于瓜步;赋尾凭吊遗迹、感激战功,而表示天险不可恃赖,必须修仁政、重人才、收民心,国家才有希望。

《浯溪赋》借着剥藓读碑——唐代元结的《中兴颂》——为引子,以唐玄宗、肃宗的往事为影射,把宋徽宗、高宗两个皇帝毫不客气地批评了一通。诚斋特别指出:皇室骨肉寡恩,人伦败坏,弃贤用奸,天人并怒,"水蝗税民之亩,融坚椎民之髓",人心失尽,纵无外患,岂得不亡?高宗不顾一切,亟亟自己做上了皇帝,何其急切?岂不可讥!不过,即使"耄荒"的徽宗真能回来,又有谁还拥护他、为他效命?大家恐怕是要"掉臂"而去的了。然则怎么办?——那问题就在:高宗自己做了皇帝,也尚不妨,只是你如果不自长进,也变为"耄荒第二",那人们也是会照样子"掉臂"的!

这样的赋,才显得赋之为体,完全可以很好地利用,写出极有价值的作品来。

至于他的上于皇帝的许多"书""劄子""策",分量很大,篇篇都是慷慨流涕、极言时事,尽抉国家之利病,力攻投降之非策。这些文章,见地警辟,说理周彻,文笔条达,感情痛切,读去都深深使人感动。其用笔之活,也如他的诗一样,引人入胜,一点也不使读者感到枯燥沉闷。

就中以《千虑策》三十道,尤为难得。这些策,包括了"君道""国势""治原""人才""论相""论将""论兵""驭吏""选法""刑法""冗官""民政"等十几项，每项又分为上、中、下等篇目。当时的罗大经，曾记下一段掌故，值得我们引一下：

虞雍公（允文）初除（刚刚授官）枢密，偶至陈丞相应求（俊卿）阁子内，见杨诚斋《千虑策》，读一遍，叹曰："东南乃有此人物！某初除，合荐两人，当以此人为首！"应求导诚斋谒雍公，一见握手如旧。诚斋曰："相公且子细（仔细）：秀才子、口头言语，岂可便信？"雍公大笑。——卒援之登朝。……①

虞允文在此以前与诚斋了无交谊，固是求贤若渴、爱才如命，然而假如诚斋的策文不是真能餍心切理、感人深至，怎么能使虞允文那样佩服？

诚斋还有些篇"论"；还有若干的"传""墓志""神道碑""行状"，传写当时的许多忠义爱国之士的生平事迹，其中心思想也无不是贯穿着他的一向的政治态度的。只要翻一翻他的全集，这种印象不会不深深地印在读者的心目中。

诚斋肯为人民讲话，也敢为人民讲话。

他在《转对劄子》中说：

臣闻保国之大计，在结民心；结民心，在薄赋敛；薄赋敛，在节财用。

---

① 《鹤林玉露》卷十。

他指出南宋统治者肆意压榨小民，穷极残酷，剥夺来的民脂民膏，百般浪费；他指出根本问题在于皇帝，他说：

> 而议者乃曰："有司（该管官员）不能为陛下节财也。"不知有司安能节财？节财在陛下而已！

他在《民政》中说：

> 臣闻民者，国之命而吏之仇也；吏者，君之喜而国之忧也：天下之所以存亡，国祚之所以长短，出于此而已矣。
>
> 且吏何恶于民而仇之也？非仇民也，不仇民则大者无功，而其次有罪：罪驱之于后，功唉之于前，虽欲不与民为仇，不可得也。
>
> 吏所以赞上（皇帝）之决、而先上之行者，非赞其便民者也，赞其不便民者尔。曷为不赞其便民而赞其不便民者耶？赞其便民者无功，而赞其不便于民者则有功也！

他一语道着了要害：封建统治集团，上起皇帝，下至官吏，是人民的死对头、人民的仇敌。凡是害民的，皇帝就喜，就有功；相反的，就不喜，就有罪。

他揭发出官吏的黑暗：

> 朝廷将额外而取一金，以问于其土之守臣，必曰：

"可也。"民曰："不可。"不以闻矣。——不惟不以闻也，从而欺其上曰："民皆乐输（纳）。"又从而矜其功曰："不扰而集。"

江西之郡，盖有甲郡以绢非土产而言于朝，乞市之于乙郡者。此何谓也？民所最病者，与官为市也：始乎为市，终乎抑配（强派）。……今乙郡之诸邑，已有论税之高下而科之者矣，无一钱赏（偿）民也；民之不愿者，官且治之。……且有所谓"和买"者，已例为正租矣；又有所谓"淮衣"者，亦例为正租矣；今又求邻郡之绢：是三者之绢，与正租之绢，为四倍而取之矣！民何以堪？而吏不以闻！

且甲郡欲市乙郡之绢，何不遣吏私市之？何必假朝命而官市之哉？！此必有奸焉。甲郡则出大农（户部）之钱，且书之曰："某日出某钱以市某郡之绢也。"——然某钱不及乙郡之民也。此必有私之者矣！民何从而诉哉？盖民诉于朝廷，朝廷下之于州县，州县执诉者笞之，以诬其服，又呼其民，强使之书于纸曰："官有钱赏（偿）我矣。"州县以诉者之所服，与民之所书，而复于朝廷，无以诘也。罚一惩百，谁敢复言者？

看这里面种种内幕的奥妙，多么令人发指！谁来替人民说句话？诚斋说了。

他最后警告封建统治者，说：

唐赵赞为一切聚敛之策，德宗尽用之。及泾卒之变，都民散走，而贼大呼曰："汝曹勿恐：不夺汝商货僦质矣！不税汝'间架''陌钱'矣！"德宗亦闻此也乎?!

这个问题在我们今天看来提得如果还不算全好，在当时说来也就算尖锐到顶了！

合诗文而看，像诚斋这样的一位作家，实在并不是只讲技巧形式而并无思想内容的，相反，他的作品和时代现实结合得非常之密切。

诚斋因为对人民喜爱得很，也写出了很多塑造人民种种可爱形象的小诗，还十分注意吸收民歌的优点，借以反映人民生活。本书选入了不少这种作品，读者具眼，这里就不再一一罗列介绍了。

七

诚斋作品有思想性时，我们不应视而不见，对其价值加以贬低、缩小；因为谈到这点的还不多，所以不能不为之稍事表白。然而既属"矫枉"，就可能令人感觉"过正"。诚斋作品无思想性时，我们也不应代为"制造"，对其价值加以增饰、夸扬。诚斋诗并不是全无缺点的。较为明显的，就是应酬诗很多，"急就章"不少，混在全集里，就把好诗的比例相对减弱了，假如他编辑（集）时勿贪"四千二百首之多"，肯于割爱，痛加芟汰，就更好了。——提到这点，其实别位诗家又何尝不是如此（至于质量较差的诗往往有史料价值，删之也很可惜，那则是另外一个问题了）。

诚斋的长处，已如上述，是在"活法"。他的短处，说来好笑，也还是在"活法"。——不是在于"活法"本身，而是在于他对自己的"活法"有点过于自喜、自负、自恃。一题到手，不管值不值得费墨汁，摇笔即来，横说竖说，反说正说，说上一顿，很为热闹，看上去像个"玩意儿"，细按下去，究竟又没什么；例如题某人某某楼、某某阁，咏某某花、某某草，就常常犯这个毛病。"活法"本来是好东西，可是过于仗恃它，倚恃它，用滥了，写滑了，张口它就来，下笔它就在，于是本来是很活的活法，有时却也"物极必反"地变而为死的窠臼。诚斋的毛病就是既破了旧的窠臼，又有点爱往这个新的窠臼里跳。归根结底：只要一刻脱离了内容而追求形式和技巧，不管是什么形式技巧，都必然会失败。

他的作品情况不平衡，有的极为沉婉深至，有的又很滑快浅率。纪昀在《四库提要》里一再评他是"颓唐"，大约就是只看见了后者一面。他的评语极不全面，但也道着了诚斋的一病。

附带说明一下，这"颓唐"一词，不指人的品行态度，是指文笔的率意。全祖望在《鹧鸪先生神道表》里所说的"生平作诗几万首，沉冤凄结，令人不能终卷；晚更颓唐，大似诚斋"，亦即此意；以他的《史雪汀墓版文》所说的"……一变而为玉川，晚乃信笔，不复作意，遂为诚斋，——然其实举（学）诚斋而失之者"来合看，尤为清楚；我们不可误会。

因为选集里不是要选十分坏的反面作品，所以这里只将几点指出就够，就不更做详尽的罗举和分析了。

八

诚斋生活的时代，就是陆放翁、辛稼轩生活的时代，读者已了解其概况，我想这里就毋庸重述，只简单地介绍一下诚斋的生平和为人吧。

杨诚斋，名万里，字廷秀，自号诚斋野客；吉州吉水湴（bàn）塘人。生于建炎元年（1127）①，小于陆放翁两岁，小于范石湖一岁。家世没有做官的，很清寒；诚斋做了官，始终保持俭苦的家风；他的肖子长孺（东山）也不坠门风。诚斋是"清得门如水，贫惟带有金"②，东山到临死时连衣衾都没有③。

诚斋在绍兴二十四年（1154）中了进士，时年二十八岁，和他的齐名诗友范石湖是同年登第。初授赣州司户，继调永州零陵丞。绍兴三十二年（1162），自焚其少作诗篇千余首，决意抛弃从前专学"江西派"的道路，诗格至此一变，始存稿为《江湖集》。是年秋，离零陵任。在永州日，得见谪居在此的张浚，张浚加以勉励，对他持身立节，发生了很大的影响；此后诚斋终身奉之为师；"诚斋"之名，也就是因张浚曾勉以"正心诚意"之学而取的。

宋高宗传位给孝宗，政局上发生了一次巨大的变化，孝宗即位，锐意恢复，张浚得以起用，入相后，即荐诚斋，除临安府教

---

① 旧说多谓杨氏生于宣和六年（1124），实误；唯于北山先生《陆游年谱》所论最确，可看其书第一四页。此不具列。
② 《鹤林玉露》卷十四引徐灵晖赠诗，按全诗见《二薇亭诗集》卷上。
③ 《鹤林玉露》卷四。

授。诚斋才入京（杭州），旋即丁父忧，在家守服。服满，知隆兴府奉新县，初次实践了他的不扰民的政治志愿，和人民关系很好，获得治绩。

乾道六年（1170），上《千虑策》，大为枢密虞允文和宰相陈俊卿所重，荐为国子博士，开始做京官。次年，孝宗欲用佞幸外戚张说为签书枢密院事（军国要职），物议哗然；张栻时为侍讲，力争不可，并向虞允文严词质问，却因此被挤出守袁州。诚斋抗章争张栻之不当去位，又致书虞允文规以正理。这种为公忘私的精神，真是难得之至。

此后迁太常博士，升太常丞，兼礼部右侍郎，转将作少监。一直在杭州。

淳熙元年（1174），被命出知漳州，旋改为知常州。编诗为《荆溪集》《西归集》。

六年（1179），提举广东常平茶盐。在任上，因"盗"沈师进入广东境，他率兵前往镇压，做了一件和反抗南宋政府的人民为敌的坏事，正如辛稼轩镇压"茶寇"、范石湖镇压"水贼"一样。因此升广东提点刑狱。

淳熙九年（1182）七月，以丁母忧去任。编诗为《南海集》。

十一年（1184）冬初服满，召还杭州为吏部员外郎。次年（1185），升郎中。五月，应诏上书，极论时事。又次年（1186），以枢密院检详官兼太子侍读，历守尚书右司郎中，迁左司郎中，兼侍读如故。宰相王淮问为相之道，答以人才为先；又问当今谁为人才，即举朱熹、袁枢等六十人，多系正人端士。今集中存有《荐士录》。

十四年（1187），夏旱，应诏上书，迁秘书少监。高宗卒，以力争张浚当配享庙祀、指洪迈不俟集议、专辄独断，无异"指鹿为马"，惹恼了孝宗（因为这等于比他为秦二世），乃出知筠州。编诗为《朝天集》《江西道院集》。应该说明一下，这场争论，其实质还是抗敌派和主降派之争，并非在"礼"上的无谓的门户之见。

十六年（1189），光宗受禅，召为秘书监。

绍熙改元（1190），借焕章阁学士，为金国贺正旦使接伴使，兼实录院检讨官。后值孝宗《日历》修成，以职任的关系，例应由他作序，而宰臣却教别人作序，乃自以"失职"力请去朝，光宗挽留。旋又因要进孝宗《圣政》书，宰臣以他为进奉官，孝宗对他犹怀旧恶，见其名列为进奉官，大不痛快，说："杨万里为何还在这里？"光宗不懂，孝宗说："他在策文中比我为晋元帝！甚道理？"[①]遂出为江东转运副使。编诗为《朝天续集》。

朝议要行铁钱于江南诸郡，诚斋疏其不便，不奉诏，因此忤宰相，改知赣州，不赴，乞祠官而归。编诗为《江东集》。

从此以后，就再不出山了。宁宗庆元元年（1195），有召赴京，辞不往。五年（1199），遂谢禄致仕。嘉泰三年（1203），进宝谟阁直学士，给赐衣带；开禧元年（1205），召赴京，复辞；二年（1206），升宝谟阁学士——这都无非是些虚官衔罢了。是年卒，年八十整；赠光禄大夫，谥"文节"。其最晚的诗，编为《退休集》。

综计一生存稿：诗四千二百首之多，诗文全集一百三十余卷，今全存。

---

① 见张端义《贵耳集》卷下。原文叙事有误。

他一生除了做地方官，只做到秘书监，是文学"清秘"之职，和政柄挨不上边。因为孝宗憎厌他，终不得大用，无法抒展抱负。

皇帝为什么憎厌他？只因他秉性刚直，遇事敢言，不给任何人留情面。

倪思在他将要被外放为江东漕臣时，上书谏留，说："孔子曰：吾未见刚者。……为其挺特之操，可与有为，贤于柔懦委靡、患得患失者远矣！若朝廷之上，得如此三数辈，可以逆折奸萌、矫厉具臣，为益匪浅。窃见秘书监杨万里：学问文采，固已绝人；乃若刚毅狷介之守，尤为难得！夫其遇事辄发，无所顾忌，虽未尽合中道，原其初心，思有补于国家，至惓惓也！"[1] 周必大也曾说："立朝谔谔，知无不言，言无不尽"，"有折角之刚"。[2] 诗人葛天民则说：

> ……亦不知他好官职。
> 但知拚得忍饥七十年，脊梁如铁心如石。
> 不曾屈膝不皱眉，不把文章作出诗。[3]

连孝宗那样厌恶他，也不得不承认他是"有性气"[4]。

晚年因见权奸韩侂胄当国，誓不出仕，韩筑南园，要请他作一篇"记"，坚决峻拒。知道韩专僭日甚，忧愤怏怏成疾，家人知道他忧国心重，凡一切时政消息俱不敢报知。忽一日有族子从

---

① 见周密《癸辛杂识》前集引。
② 《省斋文稿》卷十九《题杨廷秀浩斋记》及《书稿》卷七（庆元二年第二书）。
③ 《南宋群贤小集·葛无怀小集》叶一。
④ 《鹤林玉露》卷五。

外而至，不知其情，遽言侂胄出兵之事，诚斋痛哭失声，呼纸大书其罪状，愤恨笔落而逝。①

他一生视仕宦如敝屣，随时准备唾弃，正和倪思所说的"患得患失"之辈成为对照。在京日，估计好了由杭州回家的盘缠，装入一只箱子里，经常锁置卧处；戒家人不许买一物，恐怕一旦回家时行李累赘，"日日若促装"待发者。② 由这一件事，也可想见其为人了。

诚斋的太太罗夫人也是值得一提的，年七十多时，每寒天腊月亦必早起，先熬一锅热粥，给仆人吃，说："奴婢亦人子也。"八十多高龄时随儿子在官，犹亲自种麻纺绩，生四子三女，都自乳，说："饥人之子，以哺吾子，是诚何心哉！"一生俭朴刻苦。③

在诚斋教养下成长起来的长子伯孺，也是名诗人，人称东山先生。为湖州守时，弹压豪贵，爱养小民，极有治声，郡人至肖其像，祀于学宫④。这和陆放翁的儿子陆子遹宰溧阳，以田六千亩献权贵，权贵酬以田价，陆子遹反而逮捕田主、焚其房屋、灌以粪尿、逼写"献契"、一钱不给的罪行相较⑤，真是一天一地之比了。

诚斋父子，视金玉如粪土。诚斋满江东任，应有余钱万缗，弃于官库，不取而归。东山帅广东，自以俸钱七千缗代贫户纳

---

① 此事见《宋史》本传，系据诚斋子东山所叙而云然。然有人怀疑，诚斋一生力主抗战，不会反对北伐。东山当时或因韩事败被谤，舆论汹汹之际，有意为此饰词，非实录也。
② 《鹤林玉露》卷七。
③ 同书卷四。
④ 同书卷七。
⑤ 事详俞文豹《吹剑录》外集。

租。自家老屋一区，仅避风雨，三世不加增饰。史良叔到其家，所见无非可敬可师之事，至绘图而去。①

由这种种事迹看来，诚斋实在是叫我们佩服敬爱的一位大诗人。

九

我初次知有诚斋这个名字，是由于先述堂师的文评中引了他的一首绝句，当时就很想读他的集子，可是贫居无书，只有想望。后来忽然在家门口往西不远的小集市上遇到三册日本选刊的诚斋诗残本，月蓝布面，白绵纸，很可爱，一见之下，大喜望外，急为收得，如获至宝。兴奋地抱回来，马上就爱上它了。这已是二三十年前的旧事，至今记忆如新。

当时本没有读过几首诗，可是深觉诚斋的风格和别人迥然不同，有如珍品异味。这缘法，一结而不可解；以后乱读几本书，知道得多些了，而始终爱诚斋之心不少减（这也许是所谓"嗜痂之癖"吧）。后来特别注意南宋诗人，这兴趣也还是由诚斋引起的。

因此之故，做学生时在课余对他做了些研读的功夫，以至今天来给诚斋作注，也还是得力于那一段时间。这说来是够惭愧的，这么多年来，学力水平，很少长进。

过去给诚斋诗作注的，我只见一种，是商务的"学生国学

---

① 参《鹤林玉露》卷四、卷十四所记合叙。

丛书"本，夏敬观选注（文，未见有选注本）。可惜那种注释太简略了，每首诗不过寥寥数条，每条不过寥寥数字，不解决任何重要问题，完全不能满足我们的需要（这次我作注，因手边并无此书，也未加以参考）。今天要注他的诗，全部是艰巨的草创工作。

唐代大诗人韩退之曾说过："尔雅注虫鱼，定非磊落人。"这却使作注的见了未免有点儿"触目惊心"。真的，磊落人也许正是不耐烦来理会这些"张长李短""米盐琐屑"；可是肯来做这个工作的，却讲不得，实在无从"磊落"起，——若太"磊落"了，那就虽然不受韩愈的奚落，可要挨读者的埋怨了。而且，这种注释又不止"虫鱼"而已，简直是天文地理、三教九流，无所不包，无所不有。再说，像诚斋这样的宋儒，他们肚子里的书册都是富极了，说句大白话，都"埋伏"着一些典故在内。凭着个人的这一点点知识，要来尝试这种"不磊落"的工作，实在是一件"痴事"。——例如，前文第三节里曾引过他"饱喜饥嗔笑杀侬"的诗句，一向以为不过是"大白话"，羌无故实；谁知不然，直到此刻写引言，才知道"王者治心治身，乃治家国；今陛下尚未能去饥嗔饱喜，何论太平？"乃是道士王栖霞答对南唐李昪的话：就可以说明，这种"痴事"怪不得"磊落人"是不肯也不屑做的，而肯来做的是多么"胆大妄为"了！

对青年读者来说，我可以把作注比拟为一种"教学"工作；这二者都是具有三方面的关系的：授课者——课本——听课者。授课者必须对主题精通，才能谈到教人。但仅仅精通还不行，他还必须"会教"——善于了解听课者，善于发现问题、估计问题、分析解决问题，而且还得要会运用表现方法、传达方式。这些条件，缺一不可。许多饱学的老师，课堂效果却并不一定都理想，间题就在于此。而我个人，这些条件都很差，勉强来从事这种复杂的工作，是有些不自量力的。

好注释，应该密切结合作品，透辟、中肯、详而不烦、简而不陋、恰如其分，既要富于启发性，又要给读者留有独自寻味、思考的余地，亦即要"应有尽有，应无尽无"。文字本身也应该有些味道，不但读作品是享受，读注文也应该不致相反。从这些点来称量，我都太不够标准了。

这个选集的正文，诗的部分是依据《四部丛刊》影宋写本和《四部备要》据乾隆吉安刻本重排本相互校勘写定的。前者可据性较大，后者异文，多出于不学者（不懂诚斋的特殊字法句法）的妄改或传刻讹误；但因前者是手写本，亦时有讹夺，又赖后者得以救正，问题大致都获得解决；凡属这种，书中一概不列校记，以避烦碎。其他书中（如宋人笔记）引文或有异字，则有时引录以备参考。文的部分只有《丛刊》本可据，偶有写误，如"北"误"比"之类，从上下文可以确切判断，即径行改定，亦不再列校记。疑有漏文处，以括号增字表示之。

选目方面最费了斟酌，前后逐篇审慎抉择，从各种不同的角度、关系来衡量、考虑，反复不下十余次，我的这部《诚斋集》上画满了各式各样的取舍记号。虽然如此，要说全部选得妥当，当然未必。对于诗，选七绝最严，因原集此体多，真是选不胜选，我是偏重思想性和写得比较深婉味厚的，许多有奇趣妙语但究竟意味不深长的，大都在割弃之列。文虽好而篇幅太长的，一概未选。

再回来说到注，我的毛病，在于心太切，因此有时不免失于说得太多、太尽。学识不够，工作条件也差，起码的参考书也多不具备（地方志书之类尤其缺乏）。病体又限制我去乞助于公私藏书家和博采通人、广求教益。只好因陋就简。有时不得原书，势须转引。恐怕也难免讹误。

几年以前承中华书局来邀我选注黄山谷的诗文，以当时的精力、条件来考虑，实在不敢答应，恐怕轻诺失信，于是商量，可否改作诚斋，因为我早先应了一处出版社，要做诚斋的稿子，曾铺下一个荒草；后来出版社计划改变了，我的荒草就丢下来；现在拾起来还比较容易些。蒙中华书局不弃，就让我这样做了。

但因健康关系，这工作始终进行不快。最后还是得到讷兄的大力帮忙，特别是他牺牲了两个暑期的休息，帮我收拾整理并补苴弥缝，才算是勉强完成了。我的三个孩子，分担了抄录工作。没有这些助手，我是很难交卷的。借此机会，向他们致谢。在解决一些疑难问题上，政扬兄始终是我的热心的"顾问"，在病中仍然替我解答查考；他卧病不能到图书馆，至恳其夫人代为借书；他的淹贯精通，有问必复，使我又感激又佩服。对政扬，我的谢意是难以一言半语来宣喻的。

此外，为了查两句唐诗，蒙静希师和一两位同志帮忙。中华书局上海编辑所的同志们提出许多宝贵意见，给我以种种协助。也在此深致谢意。

虽然如此，稿中缺失错误，由于我的谫陋，一定还很多，盼望读者给我指教，这样，我就有了更多更好的"助手"，可以把有缺点的书逐步改进得好一些。

最后，在插图方面，承吉水县文教局、文化馆大力协助，获得遗像、故居、墓址的照片，并极可贵。谨志于此，以铭高谊。

《词学新探》序

　　正刚《词学新探》行将付梓，嘱为弁言，欣感之怀，百端交集。

　　回忆与正刚初相结识，时在一九四〇年。我因求学历程异常坎坷，三九年才得考入燕大，而入学实在四〇秋，彼时正刚已是高班级，而年龄反不若马齿之长，仍以弟视之，亦即弟呼之，至今遂已垂垂四十载。

　　我与正刚之交，交在词。未名湖畔，若有我二人偕行形影，必各有新阕，而相与推敲之时也。前岁赠正刚律句，颔联云："明湖照绿当时鬓，宝箧怀丹别后心。"四十年交期，十四字约略尽之。

　　正刚治词，严于音，细于律，严处一声不能假借，细处只字辨于毫芒。每填一曲，往往于关键紧要字骈罗并列异文至四至五，必就吾以定取舍，我亦不辞，一言而抉其得失高下，正刚未尝不欣然服所断，抵掌商量，寸心甘苦，以为课余之一乐事。

　　正刚严于音，细于律者如此，或以为过。余则不然。凡治一事，习一业，以精为可贵乎？以粗为能事乎？学词而不审音按律，岂复是词！艺术之事，必有规律；违其规律，即丧其体制。故曰律诗而不谐平仄，便非律诗。若是者何不另作"自由体"而仍以诗词名之？平仄格律（包括对仗骈俪），本源全由吾国汉语之具四声，不论四声，岂复有汉语，况在音乐文学乎？初学者昧于此理，或自假于"重内容"，而摒规律于"形式主义"之列，犹以为知所重轻。重内容，盖谓不可徒具形式，而非谓可无形式；言规律，固以为必如此方能表其内容达于美善之境。何尝一言音律即等于"轻内容"乃至"废内容"？道理至明，本不复杂，特时时为强辞以夺其理耳。

　　吾与正刚之审音按律，亦非孤立于只字，拘墟于一音，必细察其上下、前后、左右之种种关系，然后乃尽得其宜。音律绝非呆法死律可以尽之，宽严奇正，盖处处有辩证法则在也。

　　前人讲东坡"大江东去"，误"遥想公瑾当年，小乔初嫁，了雄姿英发"①为"遥想公瑾当年，小乔初嫁了，雄姿英发"；又误"故国神游，多情应笑，我早生华发"为"故国神游，多情应笑我，早生华发"，翻曰："东坡不拘拘于格律""只要词佳，可以打破格律"云云。此诚笑谈。试思乐曲节奏，自有句读停顿，戏剧曲艺，莫不皆然，岂有可以任意将下句之字"唱入"上句，上句之字"歌归"下句之事？即今日之白话新曲，亦难有"不按句逗"的"唱法"与"谱法"。此理又至明，本不复杂，而误解误

---

① "当年"，谓"正当年""年力正富"，非"昔年"义。"了"，全然，"了雄姿英发"，犹言"全然一派……气度气象"；"了"字此种正用法，六朝唐宋之后，至明人尚偶一见之，后惟反面句如"了无意味""了不可辨"之类用之，正面句用法遂不为人知，将"了"字归于上句"初嫁"之下，正缘此故。试思"初嫁"，谓容光焕发时也，"初嫁了"是何语？只一寻思，便知东坡绝无如此造句造语法矣。

说者尚如彼。则正刚此书，固有其不可没者矣。

我年十五岁，即自学为词，至今不能尽弃。"声音之道，感人深矣"，虽似陈言，岂无至理。因略举所感，以复于正刚。

愿抛心力作词人

——读《迦陵论词丛稿》散记

面前一册迦陵论词。世上名著如林，近来好书益富，目坏之后，皆不得读，当然无从发生"谈书"的兴会。可是这一回因见叶嘉莹教授的论词新编，颇有一些感触，情不能已，想略抒所怀——这实在够不上什么"评论"。

如果真想评介这部书，那我必须也写一部书才行；几千字的文章，不知该怎么分配？这部书名义只是论词——晚唐五代、南北宋、王静安、常州派……论述咸周，赏析兼至；但是我劝关心文学艺术的学子，都不妨读读它，因为这实在不只是词的事情，甚至也不只是广义的"诗"（现在所谓"诗歌"）的事情，它涉及了文艺理论和美学上的很多问题。它是一部倾注数十年心力，会通中外研贯古今的探讨我国诗词美学的精义妙谛的学术著作，它从风格才调、修辞手法一直研索到中华民族的独具特色的诗词的最高最深的核心——比兴、寄托、境界、神韵……这些最要紧的问题。所以说，不是也写"一部书"，就很难"全面"而且"深刻"地（这些都是很多文章喜欢用的字眼）评介这部论词之作。即使我有了这样的资格，那还得有了相应的条件，所以只能"俟诸异日"了。至于此刻，我只打算就其中的一篇，小谈一己之感受。我选中的目标是:《拆碎七宝楼台——谈梦窗词之现代观》。

梦窗词？天哪，谁敢谈呀？怎么谈呢？当然，对于有的评论家、文学史家来说，那简单容易得很。一是雕琢粉饰，二是词意晦涩，三是支离破碎，四是形式主义，五是影响很坏。完了。还有什么值得多说的吗？这种"鉴定"一直是统治着想学点文学的人们的。当然，如叶教授所举的，也有那么几个人对吴文英有好评，因此她说梦窗词人历来是个"毁誉参半"的作家。天哪——我再唤一声，难道那少得可怜的几个人够得上"半"吗？吴文英若真是得有"半誉"，他算万幸，早该"含笑于地下"了。毁誉参半云者，不过是她为了行文之便，拈用常言，聊为梦窗解嘲就是。

说也奇怪，我知道叶嘉莹教授的诗词，风格与梦窗绝不相近；她研词的兴趣中心，也不在梦窗一路；她的师承渊源也不是梦窗的知音。因此我曾判断，她素昔不怎么喜欢梦窗，不会对梦窗有特别的见解。这种判断，前半是对了（她自己在书中表述过此意的），可是后半却大错了。说真的，当我看见这篇论文足足七十页之多，是十篇中最长的一篇是不必多说了，但它竟占了全书的五分之一！我简直是大吃一惊，暗叫一声"惭愧"！

说不清怎么闹的，我从小喜欢吴梦窗，并且对自家、对友人都一直说:"这是惊才绝艳！"为什么喜欢他？为是见他"字面华丽"？未免小觑了在下。我自己莫名其妙地把曹雪芹的八个字拉来和吴梦窗联系上了:"红飞翠舞，玉动珠摇！"我认为，这种自创的，只有这种自创的文学语言，才能形容得出梦窗的特色的一面，要比"笔歌墨舞"精彩得多，恰切得多。但是，这是我对梦窗的全部"理论"了，其余的，想得多，说得少，更谈不上写文章了。我看看别人论梦窗的，大都尔尔，心窃有疑，而莫敢问焉。

如今且看她这文章的题目："拆碎七宝楼台"六个字，又好懂，又难懂。好懂是人人皆知这句话的来历出处，难懂是不知她用来又是何所取义。这也先得费点话。

身跨宋、元两代的《山中白云词》的作者、词曲世家的张炎，作了一本书叫《词源》，影响很大。书中的第五节，"清空"标目之下，说了几句话，道是："吴梦窗词，如七宝楼台，眩人眼目，碎拆下来，不成片段。"他只顾一说不打紧，吴梦窗从此就再难翻身。就我所知，老辈词家如朱彊村，说过："七宝楼台，谁要他拆碎下来看?！"我记得当年先师顾随先生就也说过："见为片段，以拆碎故。"其意实在暗合，它原是一座好楼台，谁叫你拆碎了来看？拆碎了之后，哪个不是"不成片段"，又岂独梦窗？我每见这种仁人志士，为屈抑者打抱不平，敢说几句话，辄为私下称快，而不敢公言也。再如，张伯驹先生在《丛碧词话》中也说过：

"梦窗《祝英台近》除夜立春词，前阕云：'残日东风，不放岁华去。有人添烛西窗，不眠侵晓，笑声转、新年莺语。……'句句扣紧是除夜立春，彭羡门谓兼有天人之巧，信然。《风入松》'听风听雨过清明'一阕，情深语雅，写法高绝。《高阳台》丰乐楼词'东风紧送斜阳下'，何其神色动人。后阕'飞红若到西湖底，搅翠澜，总是愁鱼。莫重来，吹尽香绵，泪满平芜'，可哀可哭。此等词，秾丽清空，兼而有之（按此正针对张炎之论而发，张氏标'清空'为词之极则，则贬梦窗为'质实'），安能消为'拆碎七宝楼台'？……""后人学梦窗者，必抑屯田。然屯田不装七宝，仍是楼台；梦窗拆碎楼台，仍是七宝。后人既非楼台，亦非七宝，只就字面钉饾雕饰，自首至尾，他人不解，亦不知其自己解否耳。"我在为此词话作序时曾说："（论梦窗）皆妙语如环，精义自见……多能捅去成见，为公平之言，见赏析之旨，新人耳目……"这些例子，要算是对"七宝楼台"一重公案的极有价值的讨论了，但这些老词家，言简意赅则有之，大抵数语而止。要想做细密深切的学术研究，写出周详精到的正式论文，就非他们之所擅长了。在这种情况下而读到叶嘉莹教授的此一宏篇杰构，我的心情之非同一般，不为过分吧。

叶教授的论文的第一个高明之点是，她并不鳃鳃计较纠缠，梦窗到底是不是楼台？是不是七宝？该不该拆碎？拆碎谁能"成为片段"？等等，等等。她从完全崭新的一个角度，来考察论证了张炎（以及他的追随和盲从者）所以不能理解吴文英这个伟大艺术家的根本原因。她提的，一点也不繁缛骈罗，五光十色，只有两端。她指出，吴文英写词的手法是与传统的手法相违逆的，所以不为人所理解，不为人所接受，反而，遭到了诬罔诋毁，而很少人能为之剖白洗雪。我的读后感慨，首先在于此点。

我想起了李长吉，想起了李义山，想起了曹雪芹……这些艺术大师，与梦窗不同，各自之间也相殊异，但不知怎么的，我的"错觉"使他们一齐向我拥来……他们都曾承受过（也许还在承受着）重大的骂名和罪名。

叶教授对此说了一段提纲挈领的话，请君谛听：

我在早岁读词的时候就并不能欣赏梦窗词，然而近年来，为了要给学生授课的缘故，不得不把梦窗词重新取读，如戈载之所云，"细心吟绎"了一番，于是乃于梦窗词中发现一种极高远之致、穷幽艳之美的新境界，而后乃觉前人对梦窗所有赞美之词都为有得之言，而非夸张过誉；而所有前人对梦窗诋毁之词乃不免如樊增祥氏所云："世人无真见解，惑于乐笑翁'七宝楼台'之论……真嚚谈耳。"此外，我还更有一个发现，就是梦窗词之运笔修辞，竟然与一些现代文艺作品之所谓现代化的作风颇有暗合之处，于是乃恍然有悟梦窗之所以不能得古人之欣赏与了解者，乃是因其运笔修辞皆大有不合于古人之传统的缘故；而其亦复不能为现代人所欣赏了解者，则是因为他所穿着的乃是一件被现代人目为殓衣的古典的衣裳，于是一般现代的人乃远远地就对之望而却步，而不得一睹其山辉川媚之姿，一探其蕴玉藏珠之富了。是梦窗虽兼有古典与现代之美，而却不幸地落入了古典与现代二者的夹缝之中，东隅已失，桑榆又晚，读梦窗词，真不得不令人兴"昔君好武臣好文，君今爱壮臣已老"的悲慨了。

学人试看，我只引了这么一段话，而往者来兹，今吾故我，知人论世，叩寂赏心，——她的才、情、学、识、德、品……已经一一流露可窥了。

她认为，梦窗词的违弃传统而近乎现代化（按她指的是西方艺术表现法），在于他能摆脱传统上的理性的羁缚，而这主要表现为两大特色：一是他往往将"时"与"空"这两个不容迷混的意念交错而糅合地写来，一是他修辞常常"但凭一己的感性所得"，而不依循那种传统理性的，即人们所惯见习知的方法。

关于第一点，她列举从古以来的名作家、名论家的例证，说明了我国的诗，不拘叙事、抒情、写景，都以真挚坦率、明白易晓，即可以在理性上明白而直接地理会或者解说的，许为佳作。钟嵘所以提出了"羌无故实，语出经史""多非补假，皆由直寻"的理论；王国维也是反对"代字"，必如"悠然见南山""风吹草低见牛羊"，方为"不隔"云。这可见传统手法与眼光是如何深入人心，牢不可破。"不幸"的是，梦窗之表现，却恰好与此种作风完全相反。这就很难为人理解，很难不遭毁谤了。

梦窗之善于"浓缩"时空于一念之中，仿佛"纳须弥于芥子"的一般，这一点我自己也是有所体会的，即如他在《踏莎行》中写端午佳节的怀人忆昔之感，写道是"午梦千山，窗阴一箭"，只八个字，却说尽了远离久别之苦情，梦境人间之迷惘，那千山万水之遥的空间，与绿鬓衰颜之变的时间，被他紧紧地熔铸在笔尖的"立锥"之点上。我因此极爱梦窗的这种高超的艺术。但是读了叶教授文章之后，即觉自己早先体会犹浅，对梦窗如何表现时空的道理，未能继续深入推寻。

她先举了一个为胡适所讥评的例子，即梦窗词集开卷的那令人注目的《琐窗寒》咏玉兰的词。她先引录了胡氏的原话："这一大串的套语与古典，堆砌起来，中间又没有什么'诗的情绪'或'诗的意境'，作个纲领；我们只见他时而说人，时而说花，一会儿说蛮腥和吴苑，一会儿又在咸阳送客了！"然后她就对这首"不值高明一笑"的《琐窗寒》做了深细的解析讲说，逐句批驳了胡氏的意见，让人看清了梦窗的情思笔墨都是何等动人的，然后更从根本上指出，中国文学中之比兴传统是好的，但不能原地不动，故步自封，而不幸从《诗经》被奉为"经典"之后，说诗者又给它加上了一个更加狭隘的"诗教"的枷锁。这样，人们在梦窗身上一时抓不着合乎"诗教"的可敬之处，又被梦窗不循传统理性层次途径的新艺术手法弄糊涂了，叶教授接着说："于是，人们既先从梦窗品节之无足称，抹煞了对他的词探寻的价值，复又因梦窗字句的不易懂，自绝了向他的词探寻的途径，遂不免以为他的词晦涩不通，一无可取了。于是胡适先生乃讥其《琐窗寒》一词为'时而说人，时而说花，一会儿说蛮腥和吴苑，一会儿又在咸阳送客了'。"

呜呼，这难道不是慨乎言之吗？"五四"以来，这种浅人不识深味的"文艺批评"曾经风行一时，奉为圭臬，布其影响，为害之大，不可胜言。如以胡氏为例，我也不妨点破一句：虽然有不少人一提胡适之名都是颇为勇于批判的，可是他们自己的批评眼光与方法，却和他的批判对象初无异质，水平一般一样，而并不自知，反有自得之色。所以我认为我们读读叶教授这本书，是会有好处的。

她对"时空"一点，举了一个精彩的例证。她说，上面那例子还并非真正时空铸合的新手法，已令胡先生感到不可解喻了，其实更有"甚"者。如《霜叶飞》重九词，有"彩扇咽寒蝉，倦梦不知蛮素"之句。怎么解？胡先生恐怕更要大加讥议了。但是请听她的解说：

梦窗乃竟将今日实有之寒蝉，与昔日实有之彩扇作现实的时空的混淆，而将原属于"寒蝉"的动词"咽"，移到"彩扇"之下，使时空作无可理喻之结合，而次句之"倦梦"则今日寒蝉声中之所感，"蛮素"则昔日持彩扇之佳人，两句神理融为一片，而全不作理性之说明，而也就在这种无可理喻的结合中，当年蛮素之彩扇遂成为今日之一场倦梦而呜咽于寒蝉之断续声中矣。

赏音解味，在学术研究中看来也是不可缺少的，可以说，必如是，才有资格批评那些像胡适论词的假专家，而且这种批评，用不着一点盛气凌人，汹汹之势，悻悻之言，就批得至深且透了。

继时空一点之后，她论证的是第二个要点，即她所创选（撰）的一个名目，"感性的修辞"法。

依我的理解，她所说的"感性的修辞"，可以说是诗人与一般作者之分，造语有本与自铸伟词两种艺术精神之分。凡是真正的诗人，没有不是从这个问题上显现出自己的艺术风格特色的。造语要有本，也并不是毫无道理的一种"谬论"，因为汉语这个"东西"很奇特，哪两个（或几个）字才能组合，组合的结果——意味、效果、引起的感应、联想……都非常精微神妙，而没有雷同的。组合成功的词语，诗人要继承运用，这本是无可非议的，也是必需的。但是后来，特别是从宋人起吧，专讲"无一字无来历"，这就变成了教条，而忘记了想一想"经典"上的雎鸠的那"关关"，桃的那"夭夭"……都"来"于何种"出处"？

那教条窒息了诗人的五官的直接感受力，也扼杀了诗人的文学语言创造力。教条也是一种——最可怕的一种"传统习惯"力量。而梦窗的修辞，偏又违逆了它。这就无怪乎"晦涩""形式""堆砌""雕饰"之声震耳了。

她举了一个例子，恰好是上文引及张先生也提到的，即《高阳台》中的"飞红若到西湖底，搅翠澜，总是愁鱼"。叶教授遍举了"鱼"在中国文学中的表现例证，都是写成自得其乐的一种生物，从不曾与"愁"联上过。可是梦窗专门违逆传统习惯的理性，他把从来不知愁的鱼，写得也像诗人自己一样，为花落春归而无限悲感，她指出，"此种将无情之物视为有情、无愁之物视为有愁之写法，如长吉、义山、梦窗之所为，我以为正是属于此一类型的善感之诗人的特色"。对此，她又举了"酸风""花腥"等例，做了精辟的赏析，被人讥为不可理解的梦窗，才得一吐冤抑之气。我不妨在此加添一个例证：如我上文所引的"红飞翠舞，玉动珠摇"，我看也正可归入此一大类，而雪芹却恰好是一个最典型的"将无情之物视为有情"的善感之诗人！雪芹的诗，为友人极口赞为"有奇气"，被比之为长吉，恐怕与不守传统理性的词语安排习惯，而但凭诗人之感的直接体会去自铸新的文学语言的这一层艺术大道理，是密切相关的吧。

与创"新"语相伴的，是用"僻"典，二者都是梦窗贻人讥评之主要罪名。叶教授在文中举了"泛人"和"梅梁"两个典故，详细说明了这些故事的来历和意义，词人运用手法的高妙。她特别指出说，"泛人"原出于唐人沈亚之《湘中怨解》，是一段动人的故事，《沈下贤集》无论在当时后世，也不能归入"僻书"之列，何况南宋词人如周密，也曾用此典故，焉能视为冷僻？尤令人惊喜、心折的，是她为梦窗写禹陵时所用的"梅梁"一段极为崇伟美丽的神话做出了精彩的考证。她引用了《越绝书》、《大明一统志》、《四明图经》、嘉泰《会稽志》、《大清一统志》等地方志书，解说了梦窗词中素来无人能懂的"幽云怪雨，翠萍湿空梁，夜深飞去"三句。原来，这是梦窗故乡人人皆知的一段极有意味的禹陵神话，地方民间传说，反映了人民对大禹的深厚崇敬爱戴的感情，既不难懂，也不"冷僻""晦涩"！由此可见，所谓喜用僻典而致晦的指责，其根本责任毕竟在作者抑在评者？恐怕正是一个问题。后来之人，知识范围不够广了，甚至十分狭隘了，责怪作者写的不能为他理解了，这也难说那责难是一定公平的吧。她又说，冯去非是一位介然自守，不肯阿附坏人权贵丁大全的极有志节的人士，梦窗与之同登禹陵写作此词，"梦窗之为人，虽无详细之史实可征，然观夫此词所写，则托意深远，感慨苍茫，固隐然有时世之慨存乎其间者也。"

她举出了刘大杰《中国文学发展史》的一个例子，说他一方面引了胡适的那段评议，对《琐窗寒》也大加讥评，竟谓梦窗咏梅词"大半都是词谜"，一方面更举《高阳台》落梅词，而批之云："外面真是美丽非凡，真是眩人眼目的七宝楼台，但仔细一读，前后的意思不连贯，前后的环境情感也不融合，好像是各自独立的东西，失去了文学的整体性与联系性。"

这正是张炎所说的"碎拆下来不成片段"。叶教授于此，语重心长地说道："如文学批评界之名人如胡氏与刘氏尚不免于如此，那么一般初学的青年，既对梦窗词外表之古典艰深望而却步于前，又依据诸名家对梦窗词讥议之批评而有所凭恃于后，则梦窗词之沉晦日甚，知者日鲜，几乎是命定的趋势了。"呜呼，这是一位学者在深入探索了她所素不欣赏的一位词人之后所触发的忧思与远想。难道这种慨乎言之的学者之音，不深深打动我们的心弦吗？

自从张炎起，讥评梦窗为"眩人眼目"，好像罪过在于梦窗"善眩"，读了她的论文，恍然大悟，原来罪过是在于张炎之流：他们看事情只用"眼目"，是不肯用头脑的。七宝楼台到了这种"眼目"中，引起的结果有二层：一是"眩"起来，二是"拆"了它！而这，却往往是最容易受人信奉的"方法论"。

因此我才说，不一定只是为了"宋词"什么的，为文学艺术，为治学研经，都应该读一读她的这部著作。

叶嘉莹教授的治学精神，由我如此粗略浅近地自谈杂感，自然很难说已然得其大要，但是即使拙文粗浅，也可以从中看出，其特色是：她细密，深入，谨严；她尊重事实，不逞臆，不信口乱道；她不迷信名家、权威。莫说胡氏、刘氏，就连她平生致力最多的王静安，她对他的论点不同意时，也不为之回护。这里学问没有"市道"；她不逞才使气，很平实，摆事实，讲道理，气质高尚，气象平和；她行文极细密周至，原原本本，不厌其烦，诲人不倦的苦心流露在字里行间；她是比较文学家，文中引了很多西方著名的、有影响的作家、作品，来做对照说明。甚至不妨说，她对梦窗的研究，是由广义的比较文学方面受到启示的（对这一点，拙文不及备述了）。最后，她是一位学者，但她同时是一位诗人；是一位史家，同时也是一位艺术鉴赏家。她的论文，既能考订，又能赏析；既能议论，又能启迪。我以为，这样的几个条件或因素，很难凑泊在一人身上。

可以肯定地说，这样的学者，是不会陈陈相因、自封故步、人云亦云、貌谈皮相、游词空调、似是而非、以非为是的。

叶嘉莹教授,生于北京,就学于前辅仁大学中文系,是词人名教授顾随先生的高足。我在燕京大学亦曾从顾先生受业,故忝居同门之谊。她以一弱女子,早年远出,游历讲学,中国台湾、美国、加拿大等地,是她先后留住之所,世路辛酸,人生坎坷,她是有丰富经历、感受的,然辛勤为学,从无懈容,终于有成,在女学者当中,国际上也是屈指可数的卓越名家。她著述、创作都很富,香港出版了她的《迦陵诗词》和《王国维及其文学批评》,后者卷末有一篇自叙,"略谈写作此书之动机、经过及作者思想之转变",对她自己生平遭际与为学的种种,有详细的叙述。《迦陵论词丛稿》是国内所出的她的第一部著作,书后的自叙也很重要,可惜此刻篇幅有限,不容我再多絮絮了。

嘉莹教授的诗词创作,有很高的成就。她第一次回到祖国参观时,感情激动,写了一篇长达七千字的感怀诗来抒写她对祖国新貌的感受。她现为加拿大籍,但是她的心是永远与祖国相连的。

我所知于她的,实在还极肤浅,以上所记,管窥蠡测,不足以表其学术之真际,聊供青年学子识其涯略而已。

《苏辛词说》小引

先师羡季先生平生著述极富，而东坡稼轩两《词说》具有很浓厚的独创特色与重要的代表意义。我是先生写作《词说》之前后尝预闻首尾并且首先得见稿本的二三门弟子中的一个，又曾承先生欣然首肯，许我为《词说》撰一序言。此愿久存怀抱，固然种种人事沧桑，未遑早就，但事关赏析之深微，义涉文章之精要，言说至难，落笔匪易，也是一个原因。今日回首前情，四十年往，先生墓门迢递，小生学殖荒芜，此刻敷楮搦管，不觉百感交集。其不能成文，盖已自知矣。

先生一身兼为诗人、词人、戏曲家、文家、书家、文艺鉴赏家、哲人、学者——尤其出色当行，为他人所难与伦比的，又是一位传道授业、最善于讲堂说"法"的"教授"艺术大师。凡是听过先生的讲课的，很少不是惊叹倾倒，欢喜服膺，而且永难忘掉的。我常想，能集如许诸家众长于一身的，在那许多同时先后的名家巨擘中，也不易多觏；倘由先生这样的讲授大师撰写艺林赏析的文章著作，大约可以说是世间最能予人以教益、启沃、享受、回味的宝贵"精神营养品"了。因为先生在世时，方便使用的录音、录像之机都还不似如今这样人人可有，以致先生的笑貌音容、欬唾珠玉，随风散尽，未能留下一丝痕迹，所以仍需就先生的遗文残简而求其绝人之风采、不朽之精神。循此义而言，《苏辛词说》就不妨看作先生的讲授艺术的自家撰为文字的一种"正而生变"的表现形式，弥足珍贵。

先生一生致力最多的是长短句的研究与创作，"苦水词人"是大家对先生的衷心敬慕的称号，但先生自言："我实是一个'杂家'。"旧的社会，使先生这样的人为了衣食生计而奔波不停，心力交瘁，他将自己的小书斋取名为"倦驼庵"，也许可以使我们从中体会出一些"境界"——那负重致远的千里明驼，加上了一个"倦"字为之形容，这是何等的"历史语言"啊！由于时代的原因，先生于无书不读之间，也颇曾留意佛学典籍与禅宗语录。凡是真正知道先生的，都不会承认他的思想中受有佛家的消极影响。正好相反，先生常举的，却是"透网金鳞"，是"丈夫自有冲天志，不向如来行处行"，其精神是奋斗不息、精进无止的。他阅读佛经禅录的结果，是从另一个方面丰富了他的文学体验，加深了他的艺术修养。他写《词说》，行文参用语录之体，自然与此不无关系。但采此文体，并非为了"标新立异"或文人习气喜欢掉弄笔墨。今日读者对于这些事情，已然比较陌生得多了，便也需要稍稍解释一下了。

说采语录体而行文是否为图一个"标新立异"，自然是从晚近的眼光标准来讲话的。语录语录，原本就是指唐代的"不通于文"的僧徒直录其师辈的口语而言，正是当时最普通的俗语白话的记录。到得宋代，理学家们也喜采此体，盛行于时，于是"语录"竟也变成了一种"文体"之名了。为什么语录盛行呢？说它在讲学传道上具有其优越性，大概是不算大错吧。那么羡季先生讲说宋词而参采语录之体，其非无故，便已晓然。还应当看到，先生的《词说》，也并非就是一味模仿唐沙门、宋诸子，而是取其所长，更加创造——也就是一种大大艺术化了的"语录文体"。这些事物，今天的读者恐怕会感到十分新奇，甚至觉得"阴阳怪气"，其妙莫名。假如是这样，就会妨碍他很好地领会先生的苦心匠意，那将是一大损失和憾事。故此不惜辞费，先就此一义，略加申解。

然而，上述云云，又不可只当作一个"文体问题"来理会。这并非一个单纯的形式体裁的事情。它的实质是一个如何表达思想感情、道理见解的艺术问题。盖禅宗——语录的艺术大师们的流派——是中原华夏之高僧大德将西土原始佛法大大加以民族化了的一门极其独特的学问，它对我们的文学艺术，产生了极其巨大深远的影响。不理解这一层关系，那中国文艺全史就是不好讲的了。写意画的兴起和发展，诗歌理论和创作中的神韵、境界的探索和捕捉，都和禅宗精神有千丝万缕的牵连。禅家论学，讲究破除一切形式的障碍阻阂，而"直指本源"。它的意思是必须最直截了当地把握事物的最本质的精神，而不要为任何陈言俗见（传统的、久惯的、习以为然的"定了型"的观念见解）所缚所蔽。因此禅宗最反对烧香念佛，繁文缛节，形式表面，而极端强调对任何权威都不可迷信，不惜呵佛骂祖，打倒偶像（将木佛劈了做柴烧！），反对缀脚跟，拾牙慧，具有空前的勇敢大胆、自具心眼、创造精进的新精神。不理解这个十分重要的一面，一听见说是禅宗属于"佛法"，便一股脑儿用一个什么标签了事，那也会对我们百世千年的民族文化精神的真面全貌造成理解上的许多失误。读先生的《词说》，更要细心体味他行文说理的独特的词语和方式，以及采用禅家"话头""公案"的深刻而热切的存心用意，才不至于像《水浒传》里的黑旋风李逵，听了罗真人的一席话言，全不晓得他"说些甚底"。那岂不有负先生的一片热情、满怀期望？

我国文艺传统上，对作家作品的品评赏析，本亦有我们自己的独特的方式，这又完全是中华民族的，而不应也不能是与西方的一模一样；加上禅家说法传道的尤为独特的方式，就成为了一种浚发灵源、溉沃智府的高超的艺术和学问。其最主要的精神是诱导启示，使学人能够自寻蹊径，独辟门庭，而最忌硬套死搬，灌食填鸭，人云亦云，照猫画虎。以是之故，先生的《词说》里是找不见什么时代、家世、生平、典故、训诂⋯⋯这些"笺注性"的死知识的——这些都不难从工具书上查它一个梗概。先生所说的，全是以一位诗人的细心敏感，去做一位学者的知人论世，而在这样的相得益彰的基础上，极扼要地极精彩地抉示出了文学艺术的缘由体性，评骘了名家巨匠的得失高低。而这一切，只为供与学人参考借鉴，促其精思深会，而迥异乎"惟我最正确最高明""天下之美尽在于斯"的那种自居自炫和人莫予毒的心理态度。

先生的讲说之法，绝不陈米糟糠，油盐酱醋，流水开账，以为"美备"，也绝不同于较短量长，有意翻案，以耸动世人耳目为能事。他只是指头一月，颊上三毫，将那最要害、最吃紧的关节脉络，予以提撕，加之勾勒，使作者与讲者的精神意度、识解胸襟，都一一呈现于目前，跃然于纸上——一切都是活的。他不像那些钝汉，专门将活龙打作死蛇来弄。须知，凡属文学艺术，当其成功出色，无不是虎卧龙跳、鸢飞鱼跃样地具有生命的东西，而不善讲授的，却把作死东西来看待，只讲一串作者何年生、何年卒、何处人氏、何等官职，以至释字义、注故实、分段落、标重点……如此等等，总之是一大堆死的"知识"而已，究其实际，于学子的智府灵源，何所裨益？又何怪他们手倦抛书，当堂昏睡乎？然而，正是习惯于那种引困的讲说之法的，总以为那才是天经地义，乍一见先生的《词说》，无论文体语调，还是方法方式，都会使他吃惊不小；"离经叛道""野狐参禅""左道旁门"，以及其他疑辞贬语，也许就不免啧啧之言了。比如，有人看了《词说》，会诧异诘问：为何不见一句是讲思想性与艺术性？他却不能懂得：先生字字句句，都在讲那真正的思想性和艺术性，只不过这一切都是中华民族的文艺概念、美学观点，并且也是中华的表现法讲说法，而非照搬舶来之界说与词句罢了。当然，讲我们中华民族的文艺特色，除却人们常用的思想性与艺术性外，是否就没有了别的可讲，或者讲了别的就是"错误"的了？这正是一个问题。读《词说》而引起认真严肃的思考的学人，定会想上一想，并试行研寻解答这些课题。对这一点我是深信而不疑的。

《词说》正文，篇篇珠玉，精义名言，络绎奔会，给读者以极大的启迪与享受。然而两篇《自序》，同样十分之重要，这都是先生数十年覃思渊索的结晶之作，最堪宝贵。就我个人的感觉，从行文的角度来说，《东坡词说》卷尾的《自序》笔致又与《说辛》卷端的《自序》不同。后者绵密有余，而不无缓曲之患；前者则雄深雅健，老笔益见纷披矣，盖得力于汉魏六朝高文名手者为多。我还想试为拈出的是先生写到《东坡词说》之时，思致更为深沉，心情益觉严重，哲思多于感触，笔墨倍形超脱，已经是逐步地脱离了开始写《说辛》时的那一种心境和文境了。两部《词说》，本系姊妹为篇，同时相继，一气呵成，而其异同，有如是者。说辛精警，说苏深婉。精警则令人振奋而激动，深婉则令人叹唱而感怀。苏辛之不同科，于此亦可概见，而顾世之评者犹然"苏辛豪放"，众口一词，浑然不别，先生言之之切，亦已晓然。破俗说，纠误解，原非《词说》之主体，而举此一端，亦足见先生借禅家之宗旨，提倡自具心眼，自行体会，于学文之人为何等重要了。

凡了解历史、尊重历史的，都会承认，王静安的《人间词话》是一部词学理论史上的重要著作，而且影响深远，又不限于词之一门，实是涉及我国广义的诗学理论与文艺评论鉴赏的一部具有世界声誉的著作。先生之于王氏《词话》，研索甚深，获益匪鲜，也是可以看得出的事实。但先生的《词说》，其意义与价值，超过于静安之《词话》，我在四十年前初读《词说》时，即如此估量。估量是否得实，岂敢自定。以余所见，先生之《词说》，视静安之《词话》，其所包容触发，无论自高度、广度而言，抑或自深度、精度而论，皆超越远甚。先生之论词，自吾华汉文之形音义说起，而迄于高致之生焉。所谓高致，先生自谓可包神韵与境界而有之。窃尝与先生书札往还，商略斯事，以为神韵者何耶，盖人之精神不死者为神，人之意致无尽者为韵，故诗词文章，首须具有生命，而后济以修养——韵者即高度文化修养之表现于外者也，神者则其不可磨灭而蕴于内者也。至于境界者又何谓耶？盖凡时与空之交汇，辄一境生焉，而人处其间，适逢其会，而有所感受，感而写之，是即所谓境界。先生尔时，深致

115

赞许，以为能言人所未能言。及今视之，境界为客观之事，人之所感乃主观之事，境固有自性，不以人为转移，然文学艺术，并非单纯反映客观如镜面与相机也，以其人之所感，表于文字，而览者因其所感而又感焉，此或谓之共振共鸣，互为激越互为补充也。循是以言，其有感之人，品格气质，学识胸襟，必有浅有深，有高有下，由是而文艺作品之浅深高下分焉。徒言境界，则浅深高下皆境界也，有境界果即佳作乎？殊未可必。况静安自言：有写境，有造境。其所谓写境，略近乎今之曰"反映"云者。若夫造境，余常论温飞卿之《菩萨蛮》，率不同于实境之反映，而大抵词人以精美华贵之物象而自创之境也；境既可造，必其所造之境亦随造者心性之浅深高下而大有不同。是以太史公之论屈大夫也，椽笔大书："其志洁，故其称物芳。"然则《楚骚》之境界，盖因屈子之高致而始有矣。志洁、物芳，二者之间，具有辩证法的关系，是以读者又每即词中之物芳，而定知词人之志洁。此则先生所以标高致之意，可略识焉。盖高致者何？吾中华民族之高度才情、高度文化、高度修养之一种表现是也。先生举高致为对词人词作之第一而最后之要求，而不徒取"境界"一词，根由在此。昔者龚定庵戏拈"柳绿桃红三月天，太夫人移步出堂前"以为笑枋。夫此二句，岂果一毫境界亦无可言者乎，实又不可谓之绝无。然则其病安在？曰：苦无高致耳。无高致，纵然字句极工，乃不得为诗为词，于此可见矣。东坡尝笑"认桃无绿叶，辨杏有青枝"，而云："诗老不知梅格在，谓言绿叶与青枝！"而"疏影横斜水清浅，暗香浮动月黄昏"之句，传为咏梅绝唱者，岂不亦即系乎高致之有无哉。是以先生论词之极则，而标以高致。即此而察，先生所会，已突过王氏。此外胜义，岂易尽举。至若先

116

生之《词说》，商略旧问题固然已多，而提揭新课目，更为不少。即《词说》以窥先生之文学思想、艺术精神，可以勒为专著，咀其英华，漱其芳润，滋荣艺圃，沾溉文林，必有取之逢源，用之无匮之乐矣。

但四十年来，国内学人，知先生《词说》者尚少，其意义与价值毕竟如何，当然有待于公论。惟是四十年前之历史环境，与今大异，先生此作，又未能广泛流布，其一时不获知者，原不足异；今者行将付梓，固是深可庆幸之盛事。然而词坛宗匠，半已凋零，后起来哲，能否快读先生之《词说》而领其苦心，识其旨趣？又觉不无思虑。实感如此，无须讳饰。但念江河万古之流，文章千秋之业，如先生之所说，与吾中华民族文化精神无有一合，虽我一人爱奉之，维护之，又有何济？如先生所说，实与吾中华民族文化精神甚合甚切，则民族文化精神长存，即先生之《词说》亦必随之而不可没，而我又何虑乎？

回忆先师撰作《词说》之时，吾辈皆居平津沦陷区，亡国之痛，切肤割心，先生之词句有云："南浦送君才几日？东家窥玉已三年。嫌他新月似眉弯！"先生之诗句又曰："秋风瑟瑟拂高枝，白袷单寒又一时。炒栗香中夕阳里，不知谁是李和儿？"〔李和儿宋汴京炒栗驰名，金陷汴都，李流落燕山（今北京也），尝流涕语宋之使金者：我东京李和儿是也。〕爱国之丹心，隐耀于宫徵之间，此情谁复知者？尔时吾辈书生，救亡无力，方自深惭，顾犹以研文论艺相为煦沫，盖以中华民族文化精神不死，则吾中华民族岂得亡乎？嗟嗟，此意之于《词说》，又谁复知者！

吾为先师《词说》作序，岂曰能之，践四十年前之旧约也。

文已冗长，而于先生之精诣，曾无毫发之发挥，而可为学人之津渡者。抚膺自问，有负先生之所望，为愧何如！然迫于俗事，吾所欲言正多，而又不得不暂止于此。他日或有第二序，以报先生，兼以印证今昔识解之进退，可也。

谈唐宋词的鉴赏

——《唐宋词鉴赏辞典》序言

近年来，中国出版界出现的诸般特色之一，是很多诗词鉴赏一类书籍相继印行。这是一个新兴的可喜的现象。它并非只是一种"风气"。由于历史的原因，向来极少这类著作问世，几乎形成了一个文化方面的空白；而读者却非常需要这些个人撰写的或集众家合编的赏析讲解的书物，来解决他们在欣赏唐宋名篇时所遇到的困难，提高他们的欣赏能力。本辞典的编纂，正是这一历史要求背景下的一部具有规模的鸿编巨制。

唐诗宋词，并列对举，各极其美，各臻其盛，是中外闻名的；而喜爱词的人，似乎比喜欢诗的人更为多夥，这包括写作和诵读来说，都是如此。原因何在，必非无故。广义的"诗"（今习称"诗歌"者是），包括了词；词之于诗，以体裁言，实为后起，并且被视为诗之旁支别流，因而有"诗馀"的别号。从这一角度来说，欣赏词的要点，应该在诗之鉴赏专著中早就有所总结和抉示了，因为二者有其共同质性。但词作为唐末宋初时代新兴的正式文学新体制，又有它自己的很多很大的特点特色。如今若要谈说如何欣赏词的纲要与关键时，我想理应针对上述的后一方面多加注意讨论才是，换言之，对如何欣赏诗（无论是广义的，还是狭义的）的事情，应当估计作为已有的基础知识（例如比兴、言志、以意逆志、诗无达诂……），而不必在此过多地重复赘说。

基于这一认识，我拟乘此撰序之便，将个人的一些愚见，贡献于本辞典的读者。

我想叙及的，约有以下几点：

第一，永远不要忘记，我国诗词是中华民族的汉字文学的高级形式，它们的一切特点特色，都必须溯源于汉语文的极大的特点特色，忘记了这一要点，诗词的很多的艺术欣赏问题都将无法理解，也无从谈起。

汉语文有很多特点，首先就是它具有四声（姑不论及如再加深求，汉字语音还有更细的分声法，如四声又各有阴阳、清浊之分）。四声（平、上、去、入）归纳成为平声（阴平、阳平）和仄声（上、去、入）两大声类，而这就是构成诗文学的最基本的音调声律的重要因子。

汉语本身从来具有的这一"内在特质"四声平仄，经过了长期的文学大师们的运用实践，加上了六朝时代佛经翻译工作的盛行，由梵文的声韵之学的启示，使得汉文的声韵学有了长足的发展，于是诗人们开始自觉地、有意识地将诗的格律安排，逐步达到了一个高度的进展阶段——格律诗（五、七言绝句、律诗）。格律诗的真正臻于完美，是齐梁以至隋唐之间的事情。这完全是一种学术和艺术的历史发展的结果，极为重要，把它看成人为的"形式主义"，是一种反科学的错觉。

至唐末期，诗的音律美的发展既达到最高点，再要发展，若仍在五、七言句法以内去寻索新境地，已不可能，于是借助于音乐曲调艺术的繁荣，便生发开扩而产生出词这一新的诗文学体裁。我们历史上的无数语言音律艺术大师们，从此得到了一个崭新的天地，于中可以驰骋他们的才华智慧。这就可以理解，词乃是汉语诗文学发展的最高形式（元曲与宋词，其实都是"曲子词"，不过宋以"词"为名，元以"曲"为名，本质原是一个；所不同者，元曲发展了衬字法，将原来宋词调中个别的平仄韵合押法普遍化，采用了联套法和代言体，因而趋向散文化、铺叙成分加重，将宋之雅词体变为俗曲体，俗语俚谚，大量运用；谐笑调谑，亦所包容，是其特色。但从汉语诗文学格律美的发展上讲，元曲并没有超越宋词的高度精度，或者说，曲对词并未有像词对诗那样的格律发展）。

　　明了了上述脉络，就会懂得要讲词的欣赏，首先要从格律美的角度去领略赏会。离开这一点而侈谈词的艺术，很容易流为肤辞泛语。

　　众多词调的格律，千变万化，一字不能随意增减，不能错用四声平仄，因为它是歌唱文学，按谱制词，所以叫作"填词"。填好了立付乐手歌喉，寻声按拍。假使一字错填，音律有乖，那么立见"荒腔倒字"，倒字就是唱出来那字音听起来是另外的字了，比如"春红"唱出来却像是"蠢哄"，"兰音"唱出来却成了"滥饮"……这个问题今天唱京戏、鼓书、弹词……也仍然是一个重要问题。名艺人有学识的，就不让自己发生这种错误，因为那是闹笑话呢。

　　即此可见，格律的规定十分严格，词人作家第一就要精于审音辨字。这就决定了他每一句每一字的遣词选字的运筹，正是在这种精严的规定下见出了他的驾驭语文音律的真实功夫。

正因此故，"青山""碧峰""翠峦""黛岫"这些变换的词语才被词人们创组和选用，不懂这一道理，见了"落日""夕曛""晚照""斜阳""余晖"，也会觉得奇怪，以为这不过是墨客骚人的"习气"，天生好"玩弄"文字，王国维曾批评词人喜用"代字"，对周美成写元宵节景，不直说月照房宇，却说"桂华流瓦"，颇有不取之辞，大约就是忘记了词人铸词选字之际，要考虑许多艺术要求，而所谓"代字"原本是由字音、乐律的精微配合关系所产生的汉字文学艺术中的一大特色。

然后，还要懂得，由音定字，变化组联，又生无穷奇致妙趣。"青霄""碧落"，意味不同；"征雁""飞鸿"，神情自异。"落英"缤纷，并非等同于"断红"狼藉；"霜娥"幽独，绝不相似乎"桂魄"高寒。如此类推，专编可勒，汉字的涵义渊繁，联想丰富，使得我们的诗词极其变化多姿之能事。我们要讲欣赏，应该细心玩味其间的极为精微的分合同异。"含英咀华"与"咬文嚼字"，虽然造语雅俗有分，却是道着了赏会汉字文学的最为关键的精神命脉。

第二，要讲诗词欣赏，并且已然懂得了汉字文学的声律关系之重要了，还须深明它的"组联法则"的很多独特之点。辛稼轩的词有一句说是："用之可以尊中国。"末三字怎么讲？相当多的人会认为，就是"尊敬中国"嘛，这又何待设问。他们不知道稼轩词人是说：像某某的这样的大才，你让他得到了真正的任用，他能使中国的国威大为提高，使别国对他倍增尊重！曹雪芹写警幻仙子时，说是她"深惭西子，实愧王嫱"。那么这是说这位仙姑生得远远不及西施、昭君美丽了？正相反，他说的是警幻之美，使得西施、昭君都要自惭弗及！苏东坡的诗说："十日春寒不出门，不知江柳已摇村。"是否那"江柳"竟然"动摇"了一座村庄？范石湖的诗说："药炉汤鼎煮孤灯。"难道是把灯放在药锅里煎煮？秦少游的词说："碧水惊秋，黄云凝暮。"怎么是"惊秋"？是"惊动"了秋天？是"震惊"于秋季？都不是的。这样的把"惊"字与"秋"字紧接的组联法，你用一般"语法"（特别是从西方语文的语法概念移植来的办法）来解释这种汉字的"诗的语言"，一定会大为吃惊，大感困惑。然而这对诗词欣赏，却是十分重要的事情。我们的诗家词客，讲究"炼字"。字怎么能炼？又如何去炼？炼的结果是什么？这些问题似乎是艺术范畴；殊不知不从汉语文的特点去理解体会，也就无从说个清白，甚至还会误当作是文人之"故习"、笔墨之"游戏"的小道而加以轻蔑，"批判"之辞也会随之而来了。如此，欣赏云云，也岂不全成了空话和妄言？因此，务宜认真玩索其中很多的语文艺术的高深道理。

至于现代语法上讲的词性分类法，诸如名词动词等等，名目甚多，而我们旧日诗家只讲"实字""虚字"之一大分别而已。这听起来自然很不科学，没有精密度。但也要思索，其故安在？为什么又认为连虚实也是可以转化的？比如，石湖诗云："目眚浮珠佩，声尘籁玉箫。""浮"是动词，一目了然，但"籁"应是"名词"吧？何以又与"浮"对？可知它在此实为动字性质。汉字运用的奇妙之趣，表现在诗词文学上，更是登峰造极，因而自然也是留心欣赏者的必应措意之一端。其实这无须多举奇句警字，只消拿李后主的"自是人生长恨水长东"来作例即可看得甚清：譬如若问"东"是什么词性词类？答案恐怕是状词或形容词

123

等等。然而你看"水长东"的东，正如"吾欲东""吾道东"，到底该是什么词？深明汉字妙处，读欧阳词"飞絮蒙蒙，垂柳阑干尽日风"之句，方不致为"词性分析"所诒，以为"风"自然是名词。假使如此，便是"将活龙打作死蛇弄"了。又如语法家主张必须有个动词，方能成一句话。但是温飞卿的"鸡声茅店月，人迹板桥霜"一联名句，那动词又在何处？它成不成"句"？如果你细玩这十个字的"组联法"，于诗词之道，思过半矣。

第三，要讲欣赏，须看诗词人"说话"的艺术。唐人诗句："圣主恩深汉文帝：怜君不遣到长沙。"不说皇帝之贬谪正人是该批评的，却说"圣""恩"超过了汉文帝，没有像他贬谪贾谊，远斥于长沙卑湿之地。你看这是何等的"会讲话"的艺术本领！如果你以为，这是涉及政治的议论性的诗了，于抒情关系嫌远了，那么，李义山的《锦瑟》说："此情可待成追忆，只是当时已惘然。"他不说如今追忆，惘然之情，令人不可为怀；却说何待追忆，即在当时已是惘然不胜了。如此，不但惘然之情加一倍托出，而且宛转低回，余味无尽。晏小山作《鹧鸪天》，写道：

醉拍青衫惜旧香，天将离恨恼疏狂。年年陌上生春草，日日楼中到夕阳。 云渺渺，水茫茫，征人归路许多长。相思本是无凭语，莫向花笺费泪行。

此词写怀人念远，离恨无穷，年复一年，日复一日，而归信无凭，空对来书，流泪循诵。此本相思之极致也，而词人偏曰：来书纸上诉说相思，何能为据？莫如丢开，勿效抱柱之痴，枉费伤心之泪。话似豁达，实则加几倍写相思之挚、相忆之苦；其字字皆从千回百转后得来，方能令人回肠荡气，长吟击节！这就是"说话的艺术"。如果一味直言白讲"我如何如何相思呀"，岂但不能感人，抑且根本不成艺术了。

第四，要讲词的欣赏，不能不提到"境界"的艺术理论问题。"境界"一词，虽非王国维氏所创，但专用它来讲究词学的，自以他为代表。他认为，词有境界便佳，否则反是。后来他又以"意境"一词与之互用。其说认为，像宋祁的"红杏枝头春意闹"，着一"闹"字而境界全出矣，欧公的"绿杨楼外出秋千"，着一"出"字而境界全出矣。这乍看很像"炼字"之说了。细按时，"闹"写春花怒放的艳阳景色的气氛，"出"写秋千高现于绿柳朱楼、粉墙白壁之间，因春风而倍增驰宕的神情意态。究其实际，仍然是我们中华文学艺术美学观念中的那个"传神"的事情，并非别有异义。我们讲诗时，最尚者是神韵与高情远韵。神者何？精气不灭者是。韵者？余味不尽者是。有神，方有容光焕发，故曰"神采"。有韵，方有言外之味，故曰"韵味"。试思，神与绘画密切相关，韵本音乐声律之事。可知无论"写境"（如实写照）、"造境"（艺术虚构），都必须先有高度的文化素养造诣，否则安能有神韵之可言？由是而观，不难悟及：只标境界，并非最高之准则理想，盖境界本身自有高下雅俗美丑之分，怎能说只要一有境界，便成好词呢？龚自珍尝笑不学之俗流也要作诗，开口便说是"柳绿桃红三月天"，以为俗不可耐，可使诗人笑倒！但是，难道能说那七言一句就没有境界吗？不能的，它还是自有它的境界。问题何在？就在于没有高情远韵，没有神采飘逸。可知这种道理，还须探本寻源，莫以"境界"为极则，也不要把诗词二者用鸿沟划断。比如东坡于同时代词人柳永，特赏其《八声甘州》，"渐霜风凄紧，关河冷落，残照当楼"，以为"高处不减唐人"。这"高处"何指？不是说他柳耆卿只写出了那个"境界"，而是说那词句极有神韵。境界有时是个"死"的境界，神韵却永是活的。这个分别是不容忽视的分别。

第五，如上所云，已不难领悟，要讲词的欣赏，须稍稍懂得我们自己民族的文学艺术上的事情。如果只会用一些"形象的塑造""性格的刻画""语言的生动"等语词和概念去讲我们的词曲，良恐不免要弄成取粗遗精的后果。因此，我们文学历史上的一些掌故、佳话、用语、风尚，不能都当作"陈言往事"而一概弃之不顾，要深思其中的道理。杜甫称赞李白，只两句话："清新庾开府，俊逸鲍参军。"还有人硬说这是"贬"词（真是以小人之心度君子之腹了）。这实是诗圣老杜拈出的一个最高标准，析言之，即声清、意新、神俊、气逸。这是从魏晋六朝开始，经无数诗人摸索而得的一项总结性的高度概括的理论表述。如果我们对这些一无所知，又怎能谈到"欣赏"二字呢？

大者如上述。细者如古人因一字一句之精彩，传为盛事佳话，警动朝野，到处歌吟，这种民族文化传统，不是不值得引以为自豪和珍重的。"山抹微云秦学士，露花倒影柳屯田。"人谓是"微词"，我看这正说明了"脍炙人口"这一诗词艺术问题。

至于古人讲炼字，讲遣辞，讲过脉，讲摇曳，讲跌宕……种种手法章法，术语概念，也不能毫无所知而空谈欣赏。那样就是犯了一个错觉，以为千百年来无数艺术大师创造积累的宝贵经验心得，都比不上我们自己目前的这么一点学识之所能达到的"高"度。

词从唐五代起，历北宋至南宋，由小令到中、长调慢词，其风格手法确有差异。大抵早期多呈大方自然、隽朗高秀一路，而后期走向精严凝练、绮密深沉。论者只可举示差异，何必强人以爱憎。但既然风格手法不同，欣赏之集中注意点，自应随之而转移，岂宜胶柱而鼓瑟？所应指出的，倒是词至末流，渐乏生飞，饾饤堆砌、藻绘涂饰者多，又极易流入尖新纤巧、轻薄侧艳一派，实为恶道。因此清末词家至有标举词要"重、拙、大"的主张（与轻、巧、琐为针对）。这种历史知识，也宜略明，因为它与欣赏的目光不是毫无关系的。

序言不是论文，深细讨论，非所应为；我只能将一些最简单易晓、不致多费言说的例子，提出来以供本书读者参考。这是因为一部辞典成于诸家众手，篇中或不能逐一地都涉及这些欣赏方面的问题，在此稍加申说，或可备综合与补充之用。

本书收词千余首，诚然是目前所能看到的一部最为丰富多彩的赏词巨著。像我们这样一个伟大而又有着特别悠久的文化历史的民族，对于自己的传统文学财富的价值绝不能是以一知半解为满足的，我们应当不断地研索，并且使得越来越多的人，特别是青年一代，都能对诗词的欣赏有所体会理解，这对于我们的"四化"这一宏伟事业中的精神文明建设，关系实非浅鲜。此书的问世，必然引起海内外爱词者的高度重视。谨以芜言，贡愚献颂。

谈对联

——《中国古今实用对联大全》序

　　中国文联出版公司李景峰同志将这部对联集持示于我，要我为它撰序。辞而不获，姑且记下我的一些感想，聊为芹曝之献。

　　对联是我们华夏民族的一种"独门"的文化现象和文学形式。所谓"独门"，是说全世界就只我们特有，我们专擅。比如西方，就不曾听说有对联这种名目的产生和存在。道理安在？这就是一个高深的文史哲综合性的大课题，而绝不是一桩细琐的"闲文"，或偶然的"异象"。我的理解是，对称和谐之美，大约是我们这个宇宙中的诸般至美中的一大关目，而华夏民族最能感受它，表现它，赞颂它，运用它。这就使得我们的语文天然具有内在对称质素，并且从远古以来就朝着对称美这个特色的方向不断发展。单从文学艺术来说，发展到南北朝已然达到了一个极关重要的关键时期，汉语文本身的独特的形、音、义综合美，这时经过无数文学大师们发挥运用，造诣已到高峰，为隋唐的格律诗的新形式奠定了最好的基础。于是对联这个文学和美学的概念，也就充分得到"认定"。

由此可见，对联乃是我们这个伟大民族的美学观和语文特点的综合物，是几千年文化史上的高级创造积累的特殊成就。不认识这一层意义，就会把它当作是一种文人墨客的装饰性"玩意儿"，或者加上"形式主义"的洋帽子。

对联该当是贴在门框、悬之抱柱的。这自然不错，但不要忘记，我们日常口语中也离不开"对对子"。你若不信，就想一想："神清气爽""兴高采烈""无精打采""垂头丧气""桃红柳绿""鸟语花香""有理的五八，无理的四十""八月十五云遮月，正月十五雪打灯"……这些罗列不尽的常言俗语，都是什么？那本身就是十分工整的对联。旧时学童，除了读书作文之外，最要紧的一门"必修课"是"对对子"，他们要念会了"天对地，雨对风，大野对长空"这样的无数种优美悦耳的"对子歌"。从这里，你可以体会，我们的语文，"天生"的就是那么安排好了的"对联"，不但词义为对，音调也为对——平仄是要严格对仗的："天"是平声，"地"恰为仄；"雨"是仄声，"风"恰为平……依此类推。你看这是不是一种奇迹？

我常想，不管是谁，当他读宋贤张耒的词，读到"芳草有情，夕阳无语；雁横南浦，人倚西楼"；或是读唐贤王勃的序，读到"落霞与孤鹜齐飞，秋水共长天一色"时，如果他不能领略、欣赏这种极高度的文学对仗之美，那他必定是在智力和精神文化水平上的某方面存在着巨大的缺陷，而那实在是至堪叹惋的事情。扩而言之，假如我们的青年一代都不能领略欣赏这种至美，民族文化的前景就可忧了。

对联是由我们语文本身的极大特点特色而产生的，并非"人为"地硬造而成。这在西方语文中是没有的。比如莎士比亚的名剧中，偶然只有运用"排句"（couplets）的例子，那还远远不是"对仗"。我记得英国著名汉学家谢迪克教授（Porf.Shadic，早年在我国燕京大学，后在美国康奈尔大学）告诉我说："在英文来说，用排句是为了取得一种特殊的艺术效果，用多了读来使人有'滑稽'之感。"这说明中西语文之异，文学美学观念之异，是多么巨大（因为我们有全部排句对仗的骈文体，如《文心雕龙》，乃是价值极高的文学理论名著）！常言说"敝帚自珍"，我们的对联文学，是值得自珍的，何况它还并不同于一把"敝帚"呢！

六朝以后，格律诗达到高度完美的音律定型阶段，这时对仗更加精工美妙，实为文学上的一种特异的奇观。于是，警策之句，精彩之笔，总是集中凝注在对句上。在律诗来说，即落在颔颈（或称颈腹）二联上。于是发生了摘句欣赏评品的风气。这就更加促进了对联的"独立"形成与繁荣兴盛。

由此又可想见，对联是一种"精粹"，一种"提炼"，一种"结晶"，或一种"升华"。它有极大的概括能力，能以最简练的形式唤起人们的最浓郁的美感，给人以最丰富的启迪，或使人深思、熟味，受到很大的教益。它又有雅俗共赏的优点，农村父老之喜爱对联，绝不下于高人雅士。

我们过年过节的春联，更是举世罕有伦比的最伟大、最瑰丽的"全民性文艺活动"。

我从幼年读联，祖父、父亲都喜欢把佳联摹勒在板上，镌刻成"板联"，悬在厅室，朴厚清雅之至。至今我仍能背诵那些给我智慧和审美培育的联文佳句。《红楼梦》第十七回写宝玉试才题对，第一副联是登上沁芳桥亭，"四顾一望，机上心来"，于是说出"绕堤柳借三篙翠，隔岸花分一脉香"两句十四字。这一联，表面全切水景，实际又分隐"红""绿"二义，与"怡红快绿"暗暗相关（这又是为了遥遥映射黛玉和湘云二人的结局而设的）。对联的作用，由此亦可窥一斑。等到北京在南菜园修建"大观园"时，支持者前来，非要我将书中未曾写到的多处景物的对联补齐不可，我也为他们完成了这件新奇的"撰联任务"——我是想借此说明，我对楹联，是有很深的渊源和感情的，这自然也就是我乐为此集提笔写序的真缘由。

这部对联集标明为"实用对联"，目的清楚明确。我们当然可以把它拿来欣赏，但更可以选择"对景""合题"的书写张贴，各得其所。我想，此中固然有编著者的苦心匠意，但也说明了我们民族传统对联在当前生活中仍然具有旺盛的生命力。如就内容而论，既有传旧之美，也有创新之意，值得表彰赞许。

对联和万事一样，有真有假，有高有次，有精有粗。这部对联采辑甚富，大体上可称琳琅满目。我希望其中不要杂入一些平仄不谐、对仗不切，又无精义的"假联""次联"。倘能如此，则本集的内容之丰美，分类之详细，与实用性之突出，就价值倍增了。

谈诗词典故

——《诗词典故词典》序

    这部《诗词典故词典》的梓行，使我在欣喜之余，亦不免感慨系之。承庆生教授嘱撰弁言，因将所感粗记于此，以当芹献。

    典故这项名目，对相当数量的人来说，是很讨厌，甚至是惹人反感的东西。从古以来，反对在诗词中用典，想把它"打倒"的人就不少。比如，主张"即目""脱口"，那还可说是针对"雕绘"而发，而"羌无故实"的提法，确实使"反对派"在措词上也增添了"武器"。在词坛上，标榜"清空"、排斥"质实"的论家，在南宋已经很有名气了。往近处说，自从王静安先生出而提倡"不隔"之说，遂连"代字"（其实那是词人因音律、因艺术效果而考虑的词汇变换）也在排斥之列，而"代字"往往即由典故而生，或即变相的用典。所以他实际上就是反对用典。到"五四"时期，"白话文学"的倡导者更无待多讲，误以为典故是与白话无关的东西。于是典故在近代文论中的命运是不问可知的，为它说"好话"的，乃有稀如星凤之概。

庆生、令启二君撰此词典，主要目的是帮助青年一代爱好诗词者解决学习和欣赏上的困难，这绝不能说成就是给典故"说好话"，或者"提倡用典"。但是当我在此序言中要为典故稍稍"张目"，想来也还不致成为题外之浮文涨墨。我要说一句：典故是反对不了的，也是打不倒的。

　　为什么这样讲呢？理由并不复杂。有人要作反对典故的论文，而下笔写道："典故者，捋扯经史字句，咀嚼前人牙慧；效獭之祭鱼，类盘之饤果。其掉书袋，在常人固已雾坠而云迷；即搜典坟，虽鸿儒亦难水落而石出。"他却没有料到自己每一句都用了典，而且连"不像用典"的"水落石出"，也与东坡《赤壁赋》有些渊源。我们的"大白话"里，典故更是"如中原之有菽"，俯拾即是。有一种半带开玩笑性的话，用典更多，"把他忙得个不亦乐乎"，毫不客气地，也不怕失敬地用上了孔夫子的"典"，难道你不允许？要人家改说"把他忙得个不也很快乐吗"，结果岂不比"不用典"更难懂？

　　日常俗话，尚且如此，何况诗词——那是我们民族文化中的最高级的最精微凝练的艺术表现！

　　想要反对和打倒典故的主张者，用意自是可嘉，只可惜太不了然于我们自己的文化传统的特点，我们自己的民族品德观念和审美心情，以及诗人词客的创作经验和艺术要求。

　　讨论这些事情，总不要忘记一个像是老生之常谈的大前提：我们这是何等的一个历史久、文化高的民族，我们的祖先留下的是何等的历史文化财富，并产生了多少奇才伟器、巨匠名贤，他们是有何等的过人的智慧、超众的才华！因此，我们民族长期（几千几万年哪）培养成一种特别敬佩和追慕前贤往哲的社会心态，历史上的那些嘉言懿行、高风亮节，以至可歌可泣的事迹、回肠荡气的文采，现在都是我们的精神营养的源泉。我们乐于向那些美好的遗产汲取教益和享受，乐于学习和效法。这就是典故的发生和存在的根本缘由。

我们的古代诗词是一种最精微凝练的高级文学成就，它要用最少的字数，来表达最丰富的内涵。这就使得他们创造出运用典故这一独特的艺术手法。把它理解成只是文人炫示"博洽"的一种习气，就只看到了最表面的现象。

自然，一切事情总要分别而论。即事即景，和咏物赋题就有性质上的区分。崔护乞浆，他写了"去年今日此门中，人面桃花相映红"，就最好了，最美了，何必硬塞进"桃之夭夭，灼灼其华"去？塞进去，一定会破坏那种极美的境界（其实我们的诗人极少是那般愚蠢行事的）。但如果题目是先定了"咏桃花"，那就另当别论。自然你可以想到"桃红又是一年春"，想到"桃花乱落如红雨"，想到"两岸桃花夹古津"……而且可以借了前人的语汇来佐助自家的才思。"初日照高林""大江流日夜""池塘生春草""首夏犹清和"，自然超妙，何必"典"来多事？但"不知腐鼠成滋味，猜意鹓雏竟未休"这样的名句，玉谿诗人如不借重于庄子的妙想，他又怎么能够在仅仅十四字中就表达出那等沉痛的感愤情怀，并且能成为"诗"而予人以极大的审美享受呢？雪芹令祖曹子清（寅），作诗赠与《长生殿》的作者洪昉思（昇），有两句写道是："礼法世难容阮籍，穷愁天欲厚虞卿。"试看，这也是一联二典，把当时的剧作家的政治、社会背景，他的为人性行，他的生活处境、写作条件，以及诗人自己的感慨与同情，都一齐摄聚于毫端句下，而且是那等地顿挫沉雄，有情有味——如果不是用了《晋书》和《史记》上的两个典故，那将怎样才能够取得如此的艺术效果呢？

反对用典的理由是那些陈言往事时常冷僻而难查，隐晦而欠醒，是理解上的一种障碍。事实又是如何呢？典故的晦僻，这问题原不发生于作诗填词者的当初彼日，而是发生于我们读者的后世今时。一般来说，大凡用典都是大家习知的，即今日所谓已具有普遍性的知识范围内的事情，而绝不是故意钻一个无人知晓的牛角尖来"刁难"读者，用以表示他自己的"博洽""淹贯"（那样的人不敢说绝无，但不在我们当论之列）。古代人的"必修课"，譬如五经四书若干史（史的数目是随时代而递增的，唐人心目中的史，数量就不多），凡在读书人，势必熟悉，用了其中的典，怎么算是冷僻隐晦？后人不读那么多书了，历史知识有限，文化语汇贫乏，见了当时并无难处的诗词，自己不懂了，却反过来埋怨过去的作家，难道这种反历史的思想方法，不是反科学的，反而认为是"进步的"文学理论——这也能说是"更科学的"吗？

唐代诗人白居易，大概应是不用典的代表吧，因为他主张"老妪都解"。不用举别的，单举他自己很得意的《长恨歌》头一句："汉皇重色思倾国。"请问："倾国"是什么？"老妪"解否？你反对还是赞成？还是替白居易另出主意？

在词人中，南宋吴梦窗大约可算是"晦涩代表"了，众口一辞；他在写禹陵的词里用了"梅梁"这个"典"，被认为难懂。经学者一查考，原来那是词人故乡的一段民间流行的传说故事，载在当地的《图经》和后代地志中，是最带普遍性的"知识"了。只有用这样的例子，才能"说服"那些反对吴梦窗、责骂他用典太冷僻的人。

如果有人以为我这所举之例还都太"早"，那么我来举一个十分晚近的例：曹雪芹作《石头记》，是"通俗"文学了，他一上来，张口就是"女娲炼石补天"，跟着一个"当日地陷东南"，这是"典"不是？我们要不要反对或打倒？他书中写一群女孩子行酒令，诗句不出《千家诗》，文句不出《古文观止》——曹雪芹是早已"为读者考虑"了的。因为在当时，凡"识字"的读者，都能一听就"懂"的，但他绝不会料想到：时至今日，那些当时最有"普遍性"的常识，都成了"冷典""僻事"，以致连林黛玉借以打趣史湘云的"只恐夜深花睡去"，以及此言与"崇光泛彩""红妆夜未眠"全是遥相呼应之妙，统统瞠目茫然，味同嚼蜡了。——难道我们也不"应该"责难曹雪芹：你写小说为何这等全无"群众观点"？

由此也就可见：一个用得贴切、精妙的典，不但使诗家词客传出了他的难言的心曲，而且能唤起我们读者的丰富的联想，灌溉着我们精神上的一种高级的情趣；作者的灵心慧性，不仅是给我们增加了文化知识，也浚发了我们的灵源智府。

因此，典故是打倒不了，也反对不成的。它的生命力是我们自己的民族高度文化历史所赋予的。

说到最根本，典故是涉及我们中华民族诗歌表现手法特点的一大课题，这需要从美学角度做多层面的研究，才能尽明其理致和奥秘。

我把这一点浅见说明，或者可以为庆生、令启二君的这部词典的价值意义稍作申张，略加表曝。至于其考核的精详，做法的特色，由其《凡例》，不难窥见一斑，我即不拟絮絮。他们经过了六年的惨淡经营，勤奋从事，这是一种"冷淡生活"，有异于"车马盈门"的热闹行业。今日观成，诚非易易。我的感慨系之，也是一时言之难尽的。

谈诗词曲赋的鉴赏

——《诗词曲赋名作鉴赏大辞典》序

　　本辞典是中国韵文欣赏的一座纪里碑碣。在目前同类书籍中，它的涵盖面最宽，包括了诗、词、曲、赋——可称"韵文四科"；而它所跨越的历史时间也最长，从《诗经》《楚辞》一直辑录到清代诸家之作。名篇辐辏，众体纷纶，洵为大观。欲赏中华韵语之精萃，一囊总括，这项胜业，由于山西文学界、出版界首倡，海内方家襄赞，终告勒成全帙。

　　当此之际，不无积悃可申，适主持编纂与出版的同仁们不以浅陋见遗，前来索序。自顾学殖荒落已久，安能当此重任。辞而不获，遂就所怀，粗陈端绪，聊备参采。我国历史上第一位鉴赏大师曹子桓有言："盖文章经国之大业，不朽之盛事。"况且这实在关系着吾中华民族灵魂之美的重要一环，岂能无动于衷，而恝然置之乎。于是不揣管蠡之微，试言海天之大。

一

诗词曲赋，代表了我国韵文的主体。对于韵文，应该建立两门专学：一是笺注学，一是鉴赏学。这两门学问，在我们中华文化古国来说，源之远，流之长，成就之高明，积累之富厚，我看全世界罕与伦比；可是时至今日，这两门专学并未建立，系统研究还是空白。这种现象，深可叹惜。辞典类书中，近年出现了"鉴赏"一门，纂辑方殷，销售甚畅。这又是一种现象。这两种文化现象，合在一起看，颇有意味堪寻。

鉴赏不等同于理解（文义的通晓），它包括了理解，不理解焉能谈得到鉴赏？但是鉴赏毕竟不能是"串讲文义"所能充数的一种文化精神活动，它又是多形态、多角度、多层次的，进行这种精神活动，需要很高级的文化素养和领悟智能。它涉及的事物和道理极繁富，极复杂。然而鉴赏的性质和目的却可以用一句话来代表：鉴赏是审美，是对美的寻取和参悟。

在西方，近来兴起了一门专学，叫作"接受美学"。比如，有的学者锐意搜编《红楼梦》一书的所有历来的批注本，其目的就是从接受美学的角度来研究我们这部独特的小说。我则以为，对于韵文的接受美学，尤其应当下功夫研究，因为这些都是中华文化之灵魂。

我们的鉴赏学的源头那是太古老久远了。举孔子的"兴观群怨"，不如举"诗无达诂"，这句话就是我们的接受美学的"纲领"或"总则"。

诗既非今言故训所能尽达，那么我们必然要别寻能达之道。

139

在种种研索、笺疏的基础上，就又发生鉴赏之学。鉴赏者的学力、智力、悟力、人生阅历、精神境界又各有不同，于是见仁见智、乐山乐水，又复各据一隅，自为取舍，这就是接受美学的意义，其间高下、明暗、是非、得失，万有不齐，而鉴赏者之感受、之阐发，往往超越作者之本来动机与用意，而所得所见，复乎过之。这也就是接受美学不尽同于笺注学之所在。换言之，低级的鉴赏者，常常局促于扪叩之间；高级的鉴赏者，却能"补充"原作，恢弘原作。

玄谈清议，是发展鉴赏学的良好条件，魏晋六朝，自应斯风日畅。据古书记载，晋代谢安，一次子弟咸集，品论《毛诗》，让各举自己最欣赏的好句，谢玄就举"昔我往矣，杨柳依依；今我来思，雨雪霏霏"，以为最是佳绝。谢安听了说道：哪里比得上"讦谟定命，远猷辰告"，那多么富有雅人深致！你看，一个极赏《小雅·采薇》，一个盛赞《大雅·抑》；如让我们来辨析异同，那么不妨说是年长的注意深致，年小的却喜爱韵致。

我常想，这大约是真正的鉴赏学的佳例。我们见他二人眼光不同，差别很大，恐怕还有人暗吃一惊，大感意外。然后，我们又该问问自己，我到底"同情"谁？谢玄，还是谢安？这确实是鉴赏学上值得研讨的一个绝好的课题。

"旧时王谢"，为什么被人称评为千古风流人物？不是因他官大名大，是由于他们的"乐托门风"（见《世说》）。乐托，即落拓，那意思是放浪脱俗，是具有大诗人、大艺术家的特质特性。他们评论前人，也大有鉴赏学问，所以王家人们一次品第汉朝文家，王子猷就说："未若长卿（司马相如）慢世！"

还有一种情形，也很有趣，就是"咏絮才"的才媛谢道韫的故事:那次是下雪,谢安(道韫的叔父)说:"白雪纷纷何所似?"谢朗答云:"撒盐空中差可拟。"道韫听了摇头,说:"未若柳絮因风起。"谢安大为击赏。所以"咏絮才"原是"咏雪才"。谢安为什么这回赞美"柳絮才"了呢? 这又是一个鉴赏学的问题。这些佳话,偶被笔宣,堂前燕子,所闻正不知尚有几多也。

即此零星散例而观,已可看出我们的鉴赏传统,风规不远。也可以看出,鉴赏的标准,一个是深致,一个是韵致。捉住这两条准则,虽然不敢说鉴赏之能事已尽,却也骊珠在握了。

谢安拈出雅人深致,那例句让今人看了,很可能引起"批判",说它是大官僚的立场和口味,等等。事情不一定那么简单。比如我们大家一致崇敬的诗圣杜子美的篇什,有不少就是必须用谢安的那种理论和美学观去鉴赏的,那些诗,如果不是"许身契稷"的,写不出,不明其理的也读不得。谢安提出了"深致"这个鉴赏原理或者美学概念,倒是不容掉以轻心拒之千里的,应该加以思索。

于此,却也不必"死"在那个"深"字上,要紧的还要看它后边的一个"致"字。

"致"是什么? 如何训诂? 我的杜撰是:"足够的素养、造诣所生的效果和魅力。"我们讲文学,就常见思致、情致、韵致、风致……这些词汇。参会而寻味之,"致"的真谛不难领略。

从鉴赏的角度来讲,就中以"韵致"一名尤为重要。因为我们此刻的主题对象是诗、词、曲、赋四体,此四体者,合称韵文(以别于散文、骈文),这个"韵"字自然所关匪浅。

或以为韵文者,是指句尾押韵之文。押不押韵,自古就有"文""笔"之区分了。这自然有理,可又并不尽然。盖"韵律"

与"韵部（韵脚）"不是一回事。佛经翻译文学中就出现了"不押韵的韵语"，并且影响到了其他佛教说唱文学。在西方，韵文（verse）可押韵也可不押。这都说明"韵"的内涵比韵脚要丰富。然而我们中国的汉字文学又绝不可与西方的语文混为一谈，漫无审析。汉语文的单字是单元音独特系统，因此音区音律，天然构成了韵部，在我们的文学中作用极大，所以我们的韵文并不向"不必押韵"发展，只是不要忘了一个要点，即：除了句尾的韵脚要谐和一致，句中的单字或词语的组联法则，仍然另有它的韵律——这是区别于散文的最主要的要素。

"韵"是后起字，古代就是写作"均"的，而发音为"韵"。均，是一种"标准乐器"——可称之为"乐准"，众乐器想调弦定调，都得以它为基准。——由这个事实，便可以悟出一种道理来了，当众乐俱按"均"调好了，便发出了极有和谐之美的妙音。这种极美的和谐共振，又即产生一种悠然不尽的"和谐延续"。请认取：这就是在我们的韵文文学中特殊重要的"韵"的来龙去脉。

这种"韵"，又构生了一种"唱叹之音"。所谓"朱弦疏越，一唱三叹"者是。此义无比之重要。

所谓"三叹"，不是"三次叹气"，说的是"和（去声）声"，即俗话叫作"帮腔"者是。如今川剧还保存着这种古风遗制。有一位外国留学研究者认为"这种帮腔极美"，"被它迷住了"！大约就是领略到了我们的"韵"的某一部分的至美。

时至齐梁，出现了刘彦和的《文心雕龙》这部奇迹式的巨著，他在这部书里，第一次清楚准确地提出了"情韵不匮"这个精湛的审美要求。这是一个极大的发现与发明。从此，中华声诗的"奥秘"揭示出来了，鉴赏的头条准则也明确起来了。

对我们来说，情是诗的主体和本质，韵是诗的振波和魔力，二者有体有用，相辅相成，而达于"不匮"的境界。

不匮是什么？就是不尽，就是有余，就是无限。

到得北宋时代，诗人梅尧臣又提出了"状难写之景，如在目前；含不尽之意，见于言外"这种更为明白的"诗则"。这与南宋《文心》中所说未必全然等同，但他们已然体会到在我们的诗境中有一个"不尽"者在。严沧浪则说是"言有尽而意无穷"。不尽或无穷，无论是意，是情，是韵，莫不胥然。

讲鉴赏韵文，第一要能感受这个不匮，不尽。

二

我认识的一位美籍学者，写过一篇论文，从"诗"这个字的原始形体来理解"诗"的原本的字义和由此而获得的种种推论，很有创见，予人以不少启牖。我自己在早也想过这类问题，我开始时是注意《石鼓》中"弓（引，控）弦以寺"的"寺"，这个"寺"显然含有"持、侍、待"一类的意义，亦即是这些字的"母体"始文。于是我悟到"诗者，持也"这条古训，非常要紧，后人按儒家"思无邪"的教条硬把这个"持"解成了"持人之性情"（使不放荡泛滥而归于"正"），显然是书生迂腐之论。"寺"本来就是"持"〔从"寸"，已经有一只"手"了，又加"提手"，是后起的孳（孳）生字体〕，其字形构造是手持一种乐器（"土"，不是"之"字业的变形，是"鼓"字那个"土"，ᖛ，是乐器或乐器的标志装饰部分）。先民的诗，是口唱的，而与此器乐相关联。"持"有"持续"一义，也有"相持不下"一义。这就是诗的本质中早已含有不尽、不匮的"因素"在，而且尤要者，使我们同时悟知：我们的诗，讲究"引而不发，跃如也"的精神意趣。请注意："引而不发"，正是《石鼓》的那句"控弦以寺"的绝好的注脚。

于是，我们必须知道，讲鉴赏，讲不匮、不尽，还有一个"引而不发"的民族诗学观的根源在。"含不尽之意，见于言外"，正是"引而不发"的艺术效果与美学境界。

我们评论某一作品，遇见好的作家，高明的文笔，常常说它写人写境，音容笑貌，意态神情，无不"跃然纸上"。这"跃然"怎么讲？你自然可以解成"写活了，好像要从纸上跳出来"的意思；其实那"跃然"也就是"引而不发，跃如也"的"跃如"。从常理而讲，引的目的是发，引不过是发的准备和过程。但从诗理而言，艺术的意趣神韵，全在于引而不发——发了，大不过是"一箭中的"，中的之后，也就没的可看——没有可以值得期待瞻望的了，所以意趣已尽，仅余索然之境了。这就是诗忌尽，忌索然兴尽的道理。

比如，读李太白送孟襄阳绝句云："故人西辞黄鹤楼，烟花三月下扬州。孤帆远影碧空尽，惟见长江天际流。"一字不言惜别，不言伤怀，而伤怀惜别之情悠悠无尽，随水长东。此盖深得跃如之妙，而能含不尽之意见于言外者。至于温飞卿小令写闺人念远盼归，写道是："梳洗罢，独倚望江楼。过尽千帆皆不是，斜晖脉脉水悠悠，——肠断白蘋洲！"这首词精彩之至，笔致简而能曲，健而不粗，堪称高手。可是我少年时听先师顾羡季（随）先生讲论此词，说是飞卿极佳，坏就坏在末一句上，这是因为词调后面非有这个五字句不可，反致败阙；若原只写到"斜晖"一句即可止住，就好极了。这种鉴赏，包括"鉴赏的批评"，使我受益无穷。如今回忆前情，更感到这就是"发"了的缺失。问题尤其在于"肠断"二字，将"跃如"的意趣变为索然了。又比如，李后主写"流水落花春去也，天上人间"，深得有余不匮之致；而"自是人生长恨水长东"，虽然痛快淋漓，为人称赏，却实实在在地下"流水落花"一等了。同理，"无言独上西楼，月如钩"就是好，就是高；一到"是离愁"云云，就意味减半了。所以顾先生对我说：古之名家，往往是起头好，结尾不逮；若在词人写中调、慢词，就是上片好，过片不逮。先生的这番话，中含至理，是鉴赏学的一支度人的金针。

以上，粗明第一义。

让我们回到谢家的故事上去。谢玄为什么特赏"杨柳依依""雨雪霏霏"？虽然他的赏鉴被谢安暂时抑下去了，可是丝毫不等于说它的重要性减低了，一点儿也不是。相反，这四句诗成为千古名句，正由谢玄第一个拈出。晋贤在我们文艺史上所以极为重要，是因为他们具有新眼光、新理论。他们的"品藻"，包括看人，看文，都与前一时代不同了。以前论人，注重品德、志行、器局、才性等等，如今（晋）则特重神韵了。推人及文，以人拟文，是我们的鉴赏学上的一大特点。因此，赏文如赏人，也就特重神采风韵。杨柳的躯干如何，枝柯如何，这些具体的细节在神韵观的面前都得一律"靠后"了，而它与其他树大有不同者，端在风韵独绝。而三百篇时代的诗人，则早已"抓住"了这个特殊要点，并且用"依依"这个叠词来传达了它的那种个性鲜明的神韵。"霏霏"的道理，大致相通，无待逐一词费。令人惊

145

讶的是谢玄的审美之眼，一下子看中了这四句，而以之涵盖风雅的高处。谢玄这一抉示，对后世影响无比巨大，可以说是我国鉴赏史上的最为关键的一大发明，也可说是一大创造。

说到这里，聪明之士马上会悟到"谢家雅集咏雪"，为什么以道韫的"未若柳絮因风起"压倒谢朗的"撒盐空中差可拟"。试想，以撒盐拟雪，略无意味可云，而柳絮因风是何韵致！所以我说，谢家的这两个故事，说尽了吾华诗歌审美的核心与魂魄。

谢玄之例，有两个问题要关心鉴赏的人思索：一个是中华民族怎样创造出像"依依""霏霏"这样的词语的语文问题，一个是这民族如何观察事物——"仰观宇宙之大，俯察品类之盛"——而把握其神髓（而不是皮相）的问题。

前一问题，我用自己的表述方式来说明，就是：这种语文本身不是别的，即是诗的语文。对此问题，有几多学者做出了何等的研究，愧无所知。我个人则以为这是鉴赏中国韵文的带有根本性的一个绝大的课题。比如，专家们应当替我们解说，"依依"在何种其他民族的语文中能找到相对应的、相近似的"译词"？如果根本没有——需用一大堆话来勉强"释义"，那是另一回事，不许相混——那又表明了什么缘由或学理？杜子美说："风吹客衣日杲杲，树搅离思（sì）花冥冥。"那"杲杲"，还可以训为"明也"，但要问："冥冥"又是什么？而且，这"杲杲""冥冥"，毕竟是在传达了诗人的一种什么情愫？暮雨的潇潇，炊烟的冉冉，秋风的瑟瑟，芳草的萋萋……你译成"外语"时都是怎么"解决"的？倘能于此有所体会，则对晋人欣赏《诗经》佳句的道理，思过半矣。——当然，因晋人之例而先举了叠词，还有联绵词，同样重要：春寒是料峭，夏木曰扶疏，秋色为斓斑，朔风称凛冽……要问：这是不是"诗的民族"所创造的语言？是不是奇迹？把它看得等闲了？君特未之思耳。

当然，在语文背后，还有一个更根本的道理，即观察万物而首重神髓的问题，这才是吾华韵文的灵魂。这首先涉及人，因人而及物。一个人，出现在你面前，你先看他的什么？一般人必曰：眉、眼、头、脚……但鉴赏家则先要看他的神。这神，或谓之"神理""神明""神锋""神采"……也是从晋人特别重视与标举起来。看人不是看他（她）的描眉画鬓，而是看那俗话说的"神气儿"。曹雪芹写宝玉，只一句要紧的话，说是"神采飘逸"；写探春，要紧的二句只是"顾盼神飞""文采精华"。东坡居士在《念奴娇》中写公瑾与小乔，也只说是"雄姿英发"，就是说他二人在年貌最好的生命阶段所显示出来的"神明特胜"。

神是生气永存的不朽表现，韵是素养超然的自然流露。二者合在一起，构成人的最高风范。这种对人的审美观念，推移到高级文学——韵文中去，就形成了我们的鉴赏者的头等重要的标准。

至此，可以领会，那"依依"，不是别的，正是杨柳之神，杨柳之韵。在诗人看来，柳之与人，其致一也。正因如此，后来便又发生了以禅论诗的重要理论。

三

以禅讲诗，代表者是宋贤严沧浪，此固人人尽晓。晚唐已有司空表圣提出"韵外之致，味外之旨"，似已开其先河。但实际上这个源头还要追溯到那以前很长的时间上去——我的意思也还是六朝时代。试看初祖达摩来到东土，时当齐梁之际，便可消息。

借禅讲诗，以禅喻诗，只是一种方便法门，而不是认诗即禅。但禅是怎么一回事？非但一般人不能理解，即学者亦很少内行，是以近人笺注《沧浪诗话》，大抵是说了许多不相干的俗义，愈讲愈离。然而倘若以其难讲而回避不谈，那将是一种极不科学的态度，是掩耳盗铃式的"精神"。因为不知道禅与我国文学艺术的关系，而讲韵文的赏鉴，就好比讲中国文化而忘掉了老庄思想一样。

诗并不即是禅，但有其一点相通之处，故此可以借之为喻。讲中国文学艺术而涉及禅学的问题，与宗教信仰、与唯心主义等等哲学问题，毫不相干，而只是一种东方文化中所独具的"传达""领会"的奇特方式。这种方式，无以名之，——也许可以杜撰一个"超高级传达交流方式"。诗人（韵文作家）有了感受，要想将它传达于他人（读者），非常困难，用一般方法，结果必致"走样子"，差之毫厘，失之千里，大非诗人原意。怎么办？于是而有见于禅家的传达方式，用最直截了当的办法达到使之领会的效果。诗与禅的关系，主要在此。

原来，从根本上说，禅家和诗家是"对立"的：禅家也要传达的，却把语言授受视为一种障碍，妨害人去最直接地接触那所追求的对象本身，所以反对"语障"，主张"不立言说"。在这点上道家初无二致，也是主张"得意忘言"，视言辞为"糟粕"①。他们的共同认识是，把握那一事物之真，须是最亲切的直接感受

---

① 庄子认为，精微的道理，包括各种技艺的高级心得体会，并不是语文所能表达的，所以古人留在纸上的文字，实际上是一种糟粕——最粗最失精彩的部分。这与现今使用的"糟粕"（指文学中应该分析批判扬弃的有害成分）不可相混。

（心得领悟），语言不但无法传达，而且制造隔阂，轮扁、庖丁的比喻，都是如此。诗家却离了语言就无所施为了，这是他们最大不同之点。但诗人的目的，却也有将他所感受的事物之真，设法传达于人的愿望，于是在传达真谛上他们有了共同之点，于是禅家的精神也就必然影响及于诗家。何况，像"依依""霏霏"的表现法，本来就具有遗貌取神的内核在，与禅理是相通的，这就是诗与禅能够结合讲论的主要原因。

禅家与道家各自有其个性，道家主虚静无为，禅家却是积极精进，特立独行，反对教条，毁弃像偶。"丈夫自有冲天志，不向如来行处行"，这是何等的"独立自主"的骇俗惊世的精神意气！这种向上的精神意气，从何而来，六朝士大夫品论人物，已经有了这一审美概念。那用词便是"儁"——俊、骏，一也。比如高僧支道林（常与王右军论辩哲理，《兰亭序》其实就是因此而发的，余有专考），喜欢养马，人们评论他，说你一个修道之人，却来养马，这事"不韵"。他答曰：贫僧爱其神骏！这一则故事，异常重要，与文学艺术，也息息相关，最是需要涵泳体味。

魏晋人讲文学，提出了一个崭新的审美认识和鉴赏准则，其言曰"遒"。曹丕在《与吴质书》中说："公干有逸气，但未遒耳。"须知这个"遒"，已与"神骏"大有关系，唐初人对王右军书法，特标曰"遒媚"；《世说》中论人论文，则每言"遒举""遒上"，这种重要的审美认识的发展，久被忽视或误释，你在一般辞书上连这"词条"也是寻不见的①。但这却正是禅家精神的重要一环，

---

① 关于"遒"的理解，可看拙著《说遒媚》，载《美术史论丛》。

所谓"透网金鳞""鸢飞鱼跃"的无限活力和志气。这与世俗误会的"虚无""消极""恬退""枯寂"等等适相违反①。这也就是老杜赞人曰"清新庾开府，俊逸鲍参军"的那个"俊"。如唐代的杜牧之、宋时的李清照，其笔下都有俊逸之气，正东坡所谓"英发"之致是矣。

禅家为了破除传达的障碍，反言障，反理障，反意障。这对韵语文学也是极有影响的美学问题。南宋四大家之一的杨诚斋，诗论甚伟，他就明白提出：作诗必先去辞，去意，然后方才有真诗在。这在世俗常理听来，皆属怪论。不知他正是为了破除一般的（非诗的）"推理性""逻辑性""议论性"等等之类的东西。这些东西即使在高手笔下也是能写得成功的，但毕竟是不得列于最上乘的诗句或韵语。

清代曹雪芹这位大诗人，借小说的形式也曾涉及诗的鉴赏这门学问与艺术，他让书中人表示最为重视王摩诘的五言律，并特举了"大漠孤烟直，长河落日圆""日落江湖白，潮来天地青"二例，对"直""圆"与"白""青"的诗法与诗境做了评论，就极是值得我们参会。试看这四个用字，中有何"意"？中有何"理"？又有什么"修辞技巧"藏在后面？这些一般庸常之辈所讲求的，他都没有，可是诗境极高，魅力很大。道理安在？我的解答：这就是以禅喻诗的理论之所以可信，可贵，因为王维正

---

① 禅家既然言行极其独特，难为世人理解，所以遭受的误会与歪曲最大。有一种假禅僧，专门以妄语惑人，其方式多是故弄玄虚，或编造诡辩式言词（如"打是不打，不打是打"之类无理取闹），或装出一副神秘的假面孔，低眉顺眼，双手合十，说些什么"弱水三千，只取一勺""有如三宝"等等胡言混话。高鹗伪补《红楼梦》中，即以此欺人，因为有的人不知禅为何事，竟对此大为赞赏，说这是"曹雪芹最精彩的文笔"，可知讨论这种事，是很困难的。

是破除了"意障""理障"以及"语言障"而直截了当地把握那种情景的神髓的高级手段。假使不谙此理，只向"炼字""遣辞"上去寻找奥妙，就永远不能超升到一个高层诗境去了。鉴赏之道，难处在此。

一般人对王维的诗，能看到讲到他的"佛家影响"，却不能解释一个"佛门信士"怎么又会写出"风劲角弓鸣，将军猎渭城。草枯鹰眼疾，雪尽马蹄轻"来？这，就又要记取我上文所举示的那个禅家并不同于一味"空寂"的寻常僧侣，而是极重神骏的"进取"之士。没有那种精神意度，如何能写出那种"昂昂若千里之驹"的俊句？而且，一个"疾"，一个"轻"，也仍然是那个直扺神髓的手眼。

这个道理若粗得明了，那么到词论家王国维提出"隔"与"不隔"的真意旨，就不待烦言而自解。王国维未必是有意识地以禅讲词；发人深省的则是那"不隔"恰恰就是我所谓"最直截"的同一意义。王氏此论，暗合禅理，这现象极值得鉴赏理论家思索。

当然，王先生此论的基本精神是非常高明的，因为懂得词曲这个"范畴"也要涉及禅理的人是不多的。但王先生也有偏颇之处，即强调"不隔"以致连"代字"也明白反对。这是他看不到"代字"乃是吾国语文本身特点、音律文学的严格审美要求所产生的奇妙的文学现象。"落日""余晖""残阳""斜曛""晚照"都是"代字"的"派生物"，难道只许留它一个而禁废其余？须知那不但是音律要求的变换法则，也是意味境界各异的传达妙法。周美成《解语花》写上元佳节，用了一个"桂华流瓦"，王先生也表反对，而不思"桂华"所引起的丰富的艺术联想及章法脉络的作用：没有"桂华"，下面"耿心（耿）素娥"便失其精彩之大半，而再下文之"满路飘香麝"也就减却辉映过脉之美了。这句词，如改"月光流瓦"，"代字"是没有了，可是那神韵风采，又往哪里去找寻呢（因为王先生自己也承认此句境界极妙呀）？

由此说明，艺术之事未可只知其一，不知其二；但此处若以"不隔"之说而为禅理说诗之一助，则正宜温习，未可轻易视之。

鉴赏学者还有一个课题应尽先研讨，即司空表圣的《二十四诗品》。现有论著，大抵以为这是以道家思想解诗的范例。我则以为这二十四章"四言诗"中充满了禅家的质素与气息。

一般人把它划归道家，大约是看到它第一篇就说"超以象外，得其环中"，"环中"一词即出《庄子·齐物论》"枢始得其环中，以应无穷"。又见第二篇即标"冲淡"，等等，遂有此论。不知佛义初入中土，许多名词概念不见于本邦语文传统，势不得不求借于老庄之言。禅宗原是"华夏化"了的一支独特的佛门宗派，本来也吸取了道家的有用的精义，其辞偶合，原不足异。但终究不能认禅即道，那分别还是很大的。司空图的许多要紧的句子，都是禅悦，而非道玄。试看他所举之品虽然多至二十有四，而其以景喻象、以境写神的许多句子，却有一个共同的特点，即生机流动，气韵高明，总是说其间有一种精神实在，非常鲜明，但又不容人"拿"来把握。所谓"采采流水，蓬蓬远春；窈窕深谷，时见美人。碧桃满树，风日水滨；……乘之愈往，识之愈真：如将不尽，与古为新"。他引的戴叔伦的话"诗家之景，如蓝田日暖，良玉生烟，可望而不可置于眉睫之前也"，他所谓"生气远出，不著死灰"，都最是要紧语、第一义。

唐人所达到的这种审美高度与鉴赏标准，直到宋人梅尧臣的"状难写之景，如在目前；含不尽之意，见于言外"，严沧浪的"言有尽而意无穷"，都在一步一步地更趋明白。

由此可知，中国古代诗人韵文家的感受与传达，是一个特色很强的精神活动，其所传达的，是神明，是神韵，是神采，不但写人，写景写境，也是如此。这种神，或飘逸，或遒举，即使在风格澄澹的王右丞、韦苏州，也照样内有遒举之神明在——这是司空图在《与李生论诗书》中说的。

明乎此，则中国韵文讲究神、韵、味、景、象、境，以至多层次的味外象外之传达与欣赏，皆可推知那是想要表达什么道理了。

四

我在上文特意使用"传达"一词，而不用"描写""形容""修饰""刻画"这类现代流行词语，这需要略加解说。我认为，这是鉴赏中国韵文的一个最重要的问题。什么是传达？比如，现代的"传达室""传达文件"为常见的语词，意思是"照样转递"。这种传达，包括拍电报、电话传真等等，都是"照样"：照样是不许"走样"的。我们的诗，是一种高级的传达，又"照样"，又不是"复印件"，可以"变样"，"变样"是为了"更好地照样"。诗人咏士，主观上都是要照样传达的，但这里边的问题变得复杂起来：第一，诗人并不产生"摄影作品"，他传达的是包含着他的感受的景境，甚至有时是他再创造了的景境，所以并不"照样"。第二，他与禅家又不同，禅家主张破除言障，不立文字，"不著一字，尽得风流"（司空图《二十四诗品·含蓄》），因而有时只用手指，只用杖示。诗人则是命定的"文字行"，离了语言，他就如同孙大圣无棒弄了。他也明知语文的能力极有限度，很难尽传他的感受与创造，可是他又只好勉为其难，在无奈何中觅取"办法"——这就是诗人的艺术本领，也就是鉴赏者的心目所注的目标。

王国维论词，提出写境与造境，有我之境与无我之境。其实，并没有这样的鸿沟天堑。"大漠孤烟直，长河落日圆"，写乎，造乎？有我乎？无我乎？漠何以识其"大"？河何以知其"长"？烟何以辨其"孤"？日何以审其"落"？倘使无"我"，谁所论耶？老杜说"漠漠水田飞白鹭，阴阴夏木啭黄鹂"，也像是写无我之境了，可是鹭何来漠漠之怀，鹂安得阴阴之意？这十四个字，还是诗人的感受与创造，而想要传达于我们的一种境界与神韵罢了。

但是，于此便发生了文采的这一重要鉴赏问题。

一般说法，以为语文是文学的手段与工具。这种认识，至少在我国的情况来说，是一种很肤浅片面的认识。在我们这里，语文本身便是一种高级艺术品，一种审美对象，它具有"本体性"。或者批判家总要给考究铸词炼字的作者扣上一个"形式主义"的帽子，就是不大懂得我们的语言文字的极大的特点与特色，而误与别的语文相提并论了。况且，没有内容只有"形式"的作品本来也没有人真拿它当值得评量的东西。词要铸，字要炼，这是什么意思？这不是玩笑，这告诉人艺术家的"汗流浃背"的苦功夫才能得来的语文造诣，像打铁炼钢的工人和技师一样呢！怎么要受你的轻视和"批判"？

在我们，离开内容而单纯"玩弄"文字的，不敢说绝无，但是很少。晋人提出一个"情生文，文生情"的多层次创作辩证认识，其实也还有一个"境生词，词生境"的同样的多层次创作实际。这是局外人所不能理会的，因为他不会吟诗填词，没有实践的心得。

人有神采，所以文也有文采，我们总是把艺术品和一个活生生的人来一样看待，一样要求：有血，有肉，有骨，有气……还有神采，有韵致。没有文采的诗词，也不会真是最好的作品。

文采不是雕绘、堆砌、涂饰的"外面加工"的意思，一点儿也不是。这是一种素养和造诣所焕发出来的光彩。

文采是不是等于字面华丽？当然不是。陶渊明最不华丽，但也有他的文采，"孟夏草木长，绕屋树扶疏"，"平畴交远风，良苗亦怀新"，这是他特有的文采。

摛文撷藻，比喻其笔下的纷纶葱茜的色彩和生机，虽人工，却堪匹天巧。刘彦和说"云霞雕色，有逾画工之妙；草木贲华，无待锦匠之奇"，不喻世（其）意者以为他是纯重天然，而轻视人巧；其实正好相反，他是说动植万品，"无识（没有意识、知觉、感情）之物"，尚且"郁然有彩"，何况人是"有心之器"，岂不更应文采过之吗①？

曹子桓已然提出了一个"诗赋欲丽"的纲领。唐贤也说："清

---

① 《文心雕龙》的总宗旨是讲求为文之法，故末后有专著标曰《总术》，其义可知。而论者往往误会了《原道》所说的"自然之道也"一句，以为那是主张文学要"纯任自然"，不劳人巧作为，云云。不知这正与刘氏原意相悖。所谓"自然之道也"，是强调指明宇宙万物无不自具文采，何况于人？所以作文要有足以与天工比美的人巧。他的原话十分明白，不宜错说。

词丽句必为邻。"连司空图那样"玄谈"的诗论家,竟然也列"绮丽"于二十四品之中,但"雕绘满眼",已为六朝之诟病;李太白直言不讳地宣称"自从建安来,绮丽不足珍"。……这么一来,"绮丽"到底是好是坏? 就又成了鉴赏领域中的一则悬案。

其实这个老难题孔子早就有评论了,说是质若胜文,则野;文若胜质,则史,所以最好的是"文质彬彬"。这里没有"偏袒"。徒质则野,这个问题很少人正面提出讨论,不知何故? 煞是可异。圣人之言,也未必尽"圣",但无论如何可以证明儒门大师也毫无轻文之意。野是不文明、无文化的表现,高级艺术不会以此为理想标准。那么文与质的关系是不必词费的了。可是我们的文之本身便具有美的本体性,这一点总未被儒家和道家承认。佛门则以"待(绮)语"为戒(所以有的词人自标其作品为"语业");我看这倒是能从反面看出佛门却能真识语文之美,所以才需要"戒"它,眼光是高明的。我们常常为文采之美的巨大魅力所迷住,但是不敢公然"坦白",因为怕犯"形式主义""纯艺术主义"的错误。这样,真正能直言无讳地为我们赏析文采之美的文章也就难得一见,有之,也是蜻蜓点水,再不然,也要赶紧缀上一串周旋的门面话。这样,我们的韵文就剩了一些几句话可以"总结"的抽象概念,一点"道理"式的教条。其影响所被,自然是会使很多的"文字行"的人不知文采为何物,造成艺术本领的枯萎和退化。

唐人所谓"自从建安来,绮丽不足珍"的见解,也从反面说明了一个重要的文学史的问题:先秦两汉,文人与文学,是另一类型;从曹氏父子出现,加上邺中七子这些才人,这才开始有了"文采风流"这种类型的文人与文学。这一点极为要紧。只看见

"绮丽"，与涂脂抹粉的外饰等量齐观，所失不小——也无法解释我们文学史的发展，特别是无法解释从六朝小赋到晚唐诗，到宋词元曲的向风流文采这个"方向"发展的脉络因由。

丽，不是"华丽""秾丽""艳丽"的俗义，是指高度艺术美的文学语言，它不一定即是穿红挂绿、插金戴银。评赏李后主的词，不是说他是"乱头粗服"的美人，是"丽质天成"，不假修饰吗？古人看美人，有一种"天生丽质"。这"丽"是什么？我们又说"风和日丽"，那太阳并不"漂亮""标致"。司空图在二十四品中竟也标出"绮丽"一品，你看他说些什么？——

> 神存富贵，始轻黄金。浓尽必枯，浅（淡）者屡深。雾馀水畔，红杏在林。月明华屋，画桥碧阴。金尊酒满，伴客弹琴。取之自足，良殚美襟。

你不一定完全赞成他老先生的这种美学观，但既为鉴赏者，你必须思索一下：唐代理论家、实践家的心目中，绮丽的涵容原来是那样子的。

"雾馀水畔，红杏在林"，前一句也与丽有关系？殊费揣摩。后一句，使我们联想丛生，比如老杜写出了"林花着雨胭脂湿"，写出了"晓看红湿处，花重锦官城"，自然够个"丽"字了。温飞卿的词，"池上海棠梨，雨晴红满枝"，更是丽意满纸。但一究其实，诗人词人毕竟使用了多少"华丽字面""粉饰工夫"？太白赞不绝声的"解道澄江净如练，令人长忆谢玄晖"，多么值得鉴赏者掂它的斤两！但一究实际，令太白心服口服的谢玄晖，只是"馀霞散成绮，澄江净如练"十个字，也何尝描眉画鬓？可这才真够得上"清词丽句必为邻"呢!

谢玄晖的名句,也"进入"了宋词人王安石的《桂枝香》里,他道是:"千里澄江似练,翠峰如簇。"他写那"天气初肃"的"故国晚秋",却用一个"背西风酒旗斜矗",这是何等的风神意味!这写秋几乎与辛稼轩之写春有异曲同工之感——辛曰:"春已归来:看美人头上,袅袅春幡!"这就是文采,也就是境界,也就是神韵。所以要讲鉴赏中国的诗词,非从一个综合整体——语文运用之美、传达手法之超、心灵体会之到、艺术造诣之高,这样一个综合美、整体感来认识不可。分开讲说,无非为了方便而已。对我们自己的汉字语文的极大的特点特色认识不足,对它在诗词韵文学中所起的巨大作用估计不够,是鉴赏的一大损失。境界、神态、风采、韵致的来源,相当的一部分即是这个独特语文的声容意味和组织联结的效果,而这一点向来缺少充分的研究和介绍①。

五

曲之与词,原本无别。对旋律歌谱而言,曰词(古曰"曲子词",即后世所谓"唱词儿"),其后成为文体专名,致有宋词元曲之分。大晏《浣溪沙》云"一曲新词酒一杯",并非二事可知。曲词本起民间,不免俚俗,有极下劣者,诗人文士,对它却也十分喜爱,填以新词,提高了规格,使之风雅化与严肃化,可

---

① 可参看拙著《诗词赏会》中多处涉及此义的文章。

谓之"认真对待"，不再是谐谑凑趣、侑酒寻欢的"下等"的东西。晚唐时候，山西名诗人温飞卿，"能逐弦吹之音，为侧艳之词"，那还是很受人讥讽卑视的。从黄山谷词集里还可以寻见那种市俗曲词，品位不高。所以词人有的将自己的作品特标为"乐府雅词"，不是无缘无故地"自高身价""脱离群众"。

这种升格运动，残唐五代时期已然完成。也许由于那时的政局动乱，多有末世离乱之思、亡国之恨的缘故，词曲里也就扩大了思想内容，受到了重视和评价，其间也有"诗教"的观念左右评坛，也有赏者的同情与叹惜。李后主、冯延巳，虽然风格大异，地位不同，却历来获得评者的青睐。

但是唱曲子填词，毕竟与作诗有同有异。专业内行，讲究曲子的，自有其"当行本色"，是笑话那种"传统诗家"的。女词人李易安就笑话以诗充词的"外行"词人。"着腔子（曲调）唱好诗"是可笑的事。那么可知赏词之事又加复杂了许多。

宋朝的一则文坛佳话，说是晏殊得了"无可奈何花落去"一句，怎么也想不出好对白（句）来，后来朋友给对上了，道是："何不曰似曾相识燕归来？"晏公大为击赏，十分得意，除了作成的《浣溪沙》名篇之外，还为这一联又作成了七律。于是评者遂谓此十四字入词绝妙，入诗便不相宜云。这种意见，顾随先生与人说词即不以为然。我也觉得，入诗未尝不可，未必不佳。但是前人的感觉何以发生？其中也定有缘故。至少，我们可以由此体会读者对诗词的"体性"有不同的认识，对它们的鉴赏要求有不同的标准。大概说来，诗在词面前总显得有些"道貌岸然""正襟危坐"，典重沉郁有余，风流情致不逮；诗是"老古板儿"气质多，而词则有异，即使是抒写沉忧深恨的，读来也觉轻快得多，比较活泼，比较峭峭跌宕，没有沉闷的压力感，"诗教"气味更是不见了。敦礼教，厚风俗，明鉴戒，这些意思，不必在唱曲时念念不忘，可以"自由"地言志抒情了。词把诗人的思路大大地解放了一步，传达表现的本领和才华又获得了更多更新的发挥余地。

曲之于词，仿佛再加一次"放松"以至"放纵"。它允许在音律的抑扬顿挫的"空隙"中楔进衬字，使笔致加倍活泼流动，因而表现能力也显得更为增强了。曲又打破一味雅词的观念，"胆敢"大量运用俗语成语，杂入于词藻典故之间，不但能使之相与协调，而且造成了异样新颖精彩的艺术境界。它比词，更多了一层情趣，特别是这个"趣"字的神理，在曲里发挥得达到了高度。平仄韵的通押法则的恢弘，使它更加轻松愉快，流丽条畅。这真是一个雅俗共赏、能博得广众喜爱而又不流于"风斯下矣"的新型文体与文格。

精严无比的词曲音律，对于那些倚声制曲家来说，一点儿也没曾形成"枷锁""桎梏"，相反，这种音律的规定使他们对语文的运用更加因难见巧，自律生新。他们对文字的形、音、义以及它们的千变万化的艺术联系与连锁作用，都"吃"得透极了，运用达到了出神入化的地步。"嬉笑怒骂，皆成文章"，也只有曲子才真能当得起这句话。

这就需要鉴赏者从更丰富的角度和层次来着眼和用心。自然，词曲的真佳处，当其成功而感人，仍然是万变不离一个"诗"（广义）的体性和风神韵致，鉴赏其他的方面，总不能忘记了这个根本课题。东坡说柳词高处不减唐人，正是此意。

六

赋的质性，与诗词曲原不同科。赋是铺叙①，诗是涵泳，甚
异其趣。汉赋讲求浩瀚壮丽，罗列名物以为能，包举万象以为
备，以致招来"类书"的讥评。但到曹丕，已经提出"诗赋欲丽"，
似乎他认为二者也有共通之点了。稍后陆士衡方才指明两者之大
别是"诗缘情而绮靡，赋体物而浏亮"，成为千古名言。赋到六
朝，并未衰退，实有进展。只要看看曹丕论文，品次七子，以为
王粲、徐幹可相俦匹，皆善辞赋，所举王作《初征》《登楼》《槐
赋》《征思》、徐作《玄猿》《漏卮》《团扇》《橘赋》，人各四例，
皆赋也。这事态可思。再如《世说》中诸例亦耐人寻味，一是人
问顾长康作《筝赋》，自视较嵇叔夜《琴赋》如何？顾以为胜嵇。
二是庾仲初，作《扬都赋》成，庾亮溢美，说是足与《两京》《三
都》相垺，以至"洛阳纸贵"，谢太傅予以批贬，说怎能那么捧
他，那实际是叠床架屋，事事模仿，又跟不上前人耳。三是庾子
嵩作《意赋》之问答十则，也大可注意。

至此，已经可以看到，那时期以赋观才，定人身价，仍是主
要风尚。再则赋以"咏物"为题，遍及动植器皿，又进而将"物"
的范围拓展到抽象的感情、精神活动方面。《意赋》既尔，江郎
的《别赋》《恨赋》更无烦解说了。连陶渊明也作《闲情赋》，成
为"谈柄"。其源头还是在建安那个"不足珍"的时期，应玚有
《正情赋》，实开其端。曹子建的《洛神赋》，尤为划时代、开

---

① 赋的另一义是徒诵而不歌，即没有音乐伴奏的诵诗方式。"歌""赋"相为对待
而言。但于本文关系不切，故不必详及。

纪元的名作，从此，赋才一步一步摆脱开"类书""罗列"的模式，而与抒情诗分源而汇流。这是一个极大的创造，极巨大的变革。六朝小赋，其文词意境之美，达到了后世复乎不可企及的高度。我喜欢举谢庄的《月赋》为例，清人许梿收入《六朝文絜》时评语甚精。此赋很小，名为赋月，但主旨是"怨遥伤远，一篇关目"。许先生说："数语无一字说月，却无一字非月。清空澈骨，穆然可怀。""笔能赴情，文自情生，于文正不必苦炼，而冲淡之味，耐人咀嚼。""以二歌总结全局，与怨遥伤远相应。深情婉致，有味外味。"请看，这是"赋"吗？这是十足道地合乎二十四诗品的抒情诗啊！

许梿说"于文不必苦炼"，这话在他来说，未为不可，因为他造诣高深；对今人来说，却要分别而论。试看赋中诸句：

陈王初丧应、刘，端忧多暇；绿苔生阁，芳尘凝榭……

他一开头便使用十八个字两句话，写尽了曹子建失掉两位知音文侣的感伤寂寞的心境。苔之绿，尘之芳，下字且不须多论，只看他一个"生阁"，一个"凝榭"，难道没有炼字的功夫，会写得出？至于菊而"散芳"，雁而"流哀"，这种高级艺术化了的语言，我们读时，更要问自己一声："若是叫我写，作为考卷，我写得出吗？"——

若夫气霁地表，云敛天末；洞庭始波，木叶微脱。菊散芳于山椒，雁流哀于江濑……

列宿掩缛，长河韬映；柔祇雪凝，圆灵水镜；连观（去声，楼观）霜缟，周除（庭除）冰净……

若乃凉夜自凄，风篁成韵；亲懿莫从，羁孤递进。聆皋禽之夕闻，听朔管之秋引……

你读读那声韵之醉人，那词句之美妙，这是何等高级的艺术创造！于此而钝觉，于此而漠然，于此而更生"超越前人"的高论，以为这并无价值，不是就很难讨论鉴赏的事情了吗？

因谢庄写出"绿苔生阁，芳尘凝榭"，又使我联想到秦观的"碧水惊秋，黄云凝暮"的这种字法与句法。"惊秋"的"惊"，"凝暮"的"凝"，都怎么讲？怎样译成"忠实"的"白话"？你去解一解，试一试。这对鉴赏异常之重要。汉字的"词性"，是很难用西方语文"语法"概念来生搬硬套的。汉语文还有一个独特的"组联法"，每个字都具有神奇的魔术力量，不需任何"介词""连词"，径与他字"挂钩"和"结合"。这两点常被忽视，置而不论，使鉴赏者失却很多灵智的契合。

唐代第一首（最早期的）五律名篇："云露出海曙，梅柳渡江春。"动词在第三字。王维的"日落江湖白，潮来天地青"，你可以认为动词在第二字上。可是"大漠孤烟直，长河落日圆"，哪个字是"动"词？"渭北春天树，江东日暮云""乱山残雪夜，孤独（烛）异乡人"，哪个是"动"字？曲家马致远的《天净沙》："枯藤老树昏鸦，小桥流水人家，古道西风瘦马……"句法也正在唐人的伯仲之间。这还不足为奇，最奇的是"鸡声茅店月，人

163

迹板桥霜"这种句法与"语法",索性连一个"形容词"也无有了,遑论动词?那么,我国诗人如何运用我国语文的独特神奇的本领,岂能不构成鉴赏学中的一项主要项目呢?

评家常说诗人语妙,当然,最根本的还是灵台智府,体察体会之妙。譬如说一个美好动人的曲调歌音,词人说它"向来惊动画梁尘",诗人说它"头白周郎吹笛罢,湖云不敢贴船飞"。你自然可以认为这是"修辞格",是"比喻法",毫不足奇;可是你也要想:譬喻不从体会而来,又来自哪里?要写一个声音,竟能体会它的艺术力量能把画梁上的栖尘惊动和飞扬,竟使湖上的轻云高翔而不敢贴近奏乐撇笛的游船画舫,这是何等的心灵智慧才能够领略到而且说得出的?怎么可以事事习惯于用一个现成的名目和庸常的概念去对待文学艺术?

上举许槤先生因评《月赋》,说了两句话,他由谢庄这等高手而悟到"写神则生,写貌则死"。回到梅尧臣"状难写之景,如在目前"上来,就恍然于他这"如在目前",也就是那事物的神采韵致,这是难写的,然而竟能使读者如见其人,呼之欲出。我们的汉语文又是一种高级先进的语文,它最能"状难写之景",也最能"含不尽之意"。

七

这篇序文中引及古人不多,而司空表圣和温飞卿,都是山西的地灵人杰。这部鉴赏大辞典的编印,出在山西,也非偶然之事,使我倍觉欣喜。我因此才不揣浅陋,为之弁言。虽然都还是老生之常谈，但因各篇赏会的文字都是分散的，不大可能就这些问题为之评介。我在此总括地申说梗概，无非抛引之诚，扣叩之见，涓滴之微，亦溟澥所不弃，则不胜幸甚。

刘彦和之论《楚辞》，说是"故才高者菀其鸿裁，中巧者猎其艳辞，吟讽者衔其山川，童蒙者拾其香草"。你看这还不是我们的最古的"接受美学"的评论者吗？鸿裁诚不易言，但只要不仅仅满足于猎艳辞，拾香草，也就是鉴赏的高流了。我这拙序，只能就自己所能达到的限度粗陈所会，童蒙之讥，识愧而已。

末后，我还想提一下音律鉴赏的问题。这在从前，只要是"知识分子"，起码知道四声平仄，也不会在使用时弄出大错。今天却成了一个极大的难题。报章杂志，各类文章报道，又很爱用个七字句作题目；可是一读之下，一百例中大约幸运可遇一二合律的，其余者都一点儿也不懂得自己语文中这个关系韵文美（其实也包括散文美）的重要的道理，弄得颠三倒四，读起来真使具有"音乐耳"的人别扭万分。这现象十分严重，也莫知其所以致此之故。平仄都不通晓，而来讲韵文的鉴赏，这是个很大的文化异象，甚至可以说是一种可忧的异象。揆其原因，中青年语文教师不懂了，怎么让他教下一代？况且现行语文教育也根本无人重视这样的异象问题。谨在此呼吁，这并不是"无关宏旨"的"薄物细故"，这反映了当代语文教学上的一个缺陷面，是要逐步匡救才行的。因此我深盼像本辞典这样的型巨而价重的鸿编，也能在这方面起到一些有益的作用。

宋代词人李清照

——《李清照新论》序

　　刘瑞莲同志因为她研究李清照的专著即将付梓，前来索撰序言，辞而不获。自问于易安居士不曾多下功夫，所识甚浅，实不足以当此委嘱之重。其时复值年底诸务猬集，文债如山，思绪也很难集中于一题一义。不得已，姑以芜词，聊报雅命。

　　这部书，是论述李易安的一种评传性质的著作，亦即有别于一般选注读本的那种介绍。所以尽管李易安是以词名家的，我却首先想到她的"全人"的问题。换句话说，我觉得我们于千载之下来看李易安，是不能仅仅从"词人"这一个角度来着眼的。我的感觉是，她是一位女豪杰女英雄，而不是"才女"一词所能包括。

　　让我举一个例来打比方。

　　比如，宋代知名的女词人之中，还有一个朱淑贞，她的《断肠》名句，也是感人甚深的，并且早就与易安齐名并举。但无论如何，总不会使我认为她具有英杰的气质与风调。这样，就看出李易安虽然同是女流，却与寻常一般的女性有些不同之处。我以为她的这个特点，反映到她的词曲诗文中去，才显示出那种令人瞩目的特色。一般女性的特征，特别是中国古代的妇女，似乎是以柔弱婉顺为主。因此具有卓荦英多之气质的女性，就格外可贵。

我说的卓荦英多之气，绝不等同于粗豪野鄙的"男气"，也不指男性的"生理特征"——如果是那样的女性，我是不会觉得她很美的。反过来说，男子就一定具有卓荦英多之气吗？可不见得。猥猥琐琐、庸庸碌碌，满脑是名利酒肉和更低级的东西，恐怕倒是为数正多呢！自然，这类人有时也会附庸风雅，冒充作家。那是另一回事。从诗词史上看，我特别感受深的是曹子建、鲍照、王勃、杜牧之、范石湖……诸位大手笔，他们都特有英气拂人眉宇。这都是男子。别的优长之处虽多而英气不足的，那就多的是了。由此可见，女子而具有英气，那又当是多少倍的可珍可贵呢？

古往今来，崇重女性人才的，莫过于曹雪芹。我感觉非常强烈的一点，是他笔下传写的女流中，具有此种气质的女子，特受雪芹的赏识与敬重，其例难以枚举，就中凤姐、湘云、探春、尤三姐、晴雯等，尤为特立独出。秦可卿托梦于凤姐，说了一句非常要紧的话，代表着雪芹的独特的妇女观与女性人格审美概念——"婶子你是脂粉队里的英雄！"我要说，这是读懂《石头记》的·把钥匙。

这和理解李易安，有什么交涉？如不理解这一面，则李易安之所以为李易安者，将"失其泰半"矣。

既然如此，即又可知，研究李易安，不仅仅是一个诗词文学史上的课题，实际是中华民族文化史上的一个重大的课题。此义甚长，我在这篇序言里，不能也不容"全面系统"地论述：一是体例所限，二是牵涉甚广，非数语可尽。所以只能说到这里为止。

易安居士将她的词集取名为"漱玉"，由此也可以窥见她的为人与志节，盖"漱玉"者，自当是从"枕流漱石"这一典故而来，却特易"石"为"玉"。这说明了她的高洁之心怀、美好的情性。中华文化自远古以来最重琼玉，用高级的审美观来体察到玉的特殊美点：既极温润，又最坚致；既有文采，又有灵性（古人分别玉之与石，玉为灵，石则顽，此其大异也）。具此四德，所以玉是易安的理想，也是自励。漱玉之人，安肯与污秽粪土为伍乎？可惜后世考古只认青铜彩陶之类，久不识玉在中国文化史上的重大意义与作用了，也无人加以认真研究，几为绝学，"漱玉"之名，自然等闲视之了。

我与瑞莲同志并不曾就此一义做过任何交谈或商讨。我只是陈述一己之见、中怀藏之已久的一种认识。迨我看到她的稿子，见那第一章题目就是"盐絮家风"，就感到大为高兴，再看还有"生当作人杰"与"此花不与群花比"两章，我于是欣然自信大约我们之间的看法（至少是在这一点上），是不至于"大相径庭"的了。

"盐絮家风"这个题目谈得极好！我十分欣赏。为什么？这个题目，恰好说明了，最晚到晋朝王谢二族，已经出现了这种卓荦英多的诗人型的女性了，谢道韫正是那个时代的一个绝好的代表人物！

倘若曹雪芹当日不是要传写他亲见亲闻的闺情，而是立意拟写古来的女子的话，那么我敢说：谢道韫、李清照，都会收入他那"薄命司"里去。

像易安居士这样的扫眉才子，自幼在"盐絮家风"的培养中得到了中华民族的高级文化素养的宝贵条件，她需要的不是物质享用，而是高层次的文化生活。这是我们民族文化史上的一个特别有意味的篇章。这种类型的东方式的高级文化女性，除了曹雪芹用"小说"的形式"开辟鸿蒙"地首树"义"帜之外，恕我孤陋，不知可有哪部文化史著作里曾有专门论述？连雪芹的那等高层次哲理思维的伟大著作，也还被世俗之眼当作只是什么"爱情悲剧"来看待呢！所以讨论李易安的事，在我看来，实在涵义至为深厚，至为发人深省。

瑞莲同志以一位女学者，来研究李易安这位女英豪，这也是极有意味的佳话。我与几位女士说过："曹雪芹为他书中的女子，一生呕心沥血；而后世的女子，可为什么不该为雪芹多做点儿工作？"我又说：雪芹在书中的"女儿天国"中写下一副对联，道是：

　　幽微灵秀地
　　无可奈何天

脂砚斋当下即批云：

　　女儿之心
　　女儿之境

可知脂砚（拙见此人是一位女性）最能理解《石头记》的

169

笔法与用意。须眉浊物来研究女性，是不能透辟中肯的。我借此意，来说明瑞莲同志这部著作的特点与特殊意义，倒也不为生拉硬扯吧。

瑞莲同志爱好古典文学，多年来，执教人民大学，课余一力专研李清照这位女文化高人的生平、时代、创作……她的功力甚为深厚。而今删繁就简，表述为六章三篇之数。读者于此，足窥易安的一生与文学的足迹。洵为近年来难得的一部佳构。

李易安的悲剧，感人至深，但它的中心究竟是在何处？读了瑞莲同志这本书的人，都不能自已地要思索这个问题。她的这部书，将大大有助于我们探讨中华文化史上的很多令人赞叹、令人嗟惜、令人痛心、令人感奋的巨大课题。

这样的书，需要学术上与文艺上的双重功力，缺一不可。我以为撰者在这方面融会得也很见匠心。愿她继此之后，更有新著，多做贡献，嘉惠士林与青年学子。

与瑞莲同志相识，还是一九五二年在成都四川大学的事，那时我们只有三十多岁。如今同在北京多年了，不想又因翰墨之缘，而留此痕迹，这自然是在川大时所不能逆料的。成都自古文风很盛，我在那里所遇所识的女学者、女诗人就比别处为多。因撰此序，我也衷心祝愿天公抖擞，不拘一格，多降英才——远者如道韫、易安，近者如瑞莲同志，则区区贡愚之意，也就得到欣慰了。

谈唐诗史上的"三李"

——《三李诗鉴赏辞典》序言

　　在我们中华的文学史上，数人齐名并称，其例举之不尽，这是什么道理？你可以说成是一种"传统"，一种"风气"，然而仔细想来，此一现象之"背后"，也隐含着一种中华独立的文化意义。在西方，似乎没听见有过"三莎二但"之类的提法（莎是莎士比亚，但是但丁）。我们则不同于西方，"三曹""两司马""三张""二陆"……那是自古以来脍炙文坛，蜚声腾美，光焰不磨。何也何也？我自然不一定能够做出解释，但是觉得至少有一点比较明显：我们中华几千年的文化长河——这一条灿烂的天汉银河中，出现了数不清的大星巨耀，璧合而珠联，彩骈而辉俪，令人翘首云霄，时深景慕。源远流长，积累丰厚，相提并论者遂多。这恐怕是不能否认的一个缘由。

　　"三曹""二陆"这种例子自有特点，因为它们是乔梓棠棣，一姓同时。说到我们此刻的本题"三李"，性质却又各异。太白、长吉、玉谿生，三人的关系与那并不相同，而且时间上也不相连属，他们的风格更是绝不相同。那么，是什么把他们三个"拉"

在一起的呢？

唐代诗史上不提"三王""三杜"，却标"三李"，确实令人感到别有意味可寻。

太白与长吉、玉谿，时间上大约相去有百年之久；前一位是"大西北"的人，后二位是中州才士。他们真是秦楚自分，古今有别。假如只因都是姓李，就把他们三个拉在一起，那只能是一桩笑话，庄严璀璨的中华唐代诗史上，是不会出现这等笑话的。

那么，这里必然另有一条"纽带"将"三李"联在一处，标作同流。

这个纽带是什么？要想鉴赏"三李"之诗，这当然是需要我们思索的头一个问题。

如依拙见而言，"三李"之并称，是因为他们是有唐一代诗人中最突出的"纯诗人型"的作手。

所谓纯诗人型，自然是一个相对于"杂诗人型"而撰出来的名词，它怎么讲？我们可以打个比方：例如李后主、纳兰容若，他们未必一生没写过一句诗、一篇散文，写出来的也未必就全不"及格"，但是文学史上公认，他们这样的，是纯词人，他们纯以词见长，以词见称，而不是以诗以文。道理就是如此。太白、长吉、玉谿，必然也能文能赋，但没有人以文赋家见许。他们一非官僚，二非经师，三非学者……只单单是个诗人。在我们中华文化传统上，能做官僚经师学者的，也没有一点儿诗不会作的，但他们纵然作得好，也只能是"杂诗人型"的作者，难与"三李"这样的相比而论。

纯诗人型的作手，不是凭学问来作诗，凭"理论"来作诗，凭"主张"来作诗。他们凭的是诗人之眼、诗人之心、诗人之笔来写诗。他们凭的是才。

似乎"才"是个旧名词，即传统用语。在我们这里，不必说诗的领域，就连论史，也要讲才，比如刘知几，就讲才、学、识，而以才列于首位。才的事情，内容丰富得很，并非换用一下"天赋""天才"就算说明了的小问题。才的表现呈为千变万化的奇姿异彩，但只有它与纯诗人型的诗人结合时，方产生头流诗家作手。"三李"者，即是这一行列中的出类拔萃之人。

"三山半落青天外"，他们像三座天外奇峰，在唐诗的莽莽群山中挺峙，光景特异，佼然不群。

我们传统上常用的词语，以才为领字的，有才情、才思、才华、才调、才气。如今就拿我们自己的民族审美概念术语来看"三李"，他们在"才"的共同点之下，又各有特点个性。依我看来，太白是才气，长吉是才思，玉谿是才情加才调。其间当然互有"串联"，但大体而观其表现，可以如此区别。

太白的才气，常常使人感到一种惊奇和震慑。他的这种才气是不可学也不必学的。没有那种极高的天赋，硬要强学，定会学成一副空架子滥调，浑身是毛病，令人不可向迩。赏他的诗，一种"气势"向你"扑"来，如万里之长川，千仞之瀑布，令你无可"阻挡"和"招架"。他的思想与艺术的力量，使你不能另有选择，只有"接受"。他的才气，就具有这样的神力。

欣赏太白诗的，感到他不是靠含蓄回复，而是靠一气倾泻来写其胸怀。他的惜别诗、怀古诗，都是如此。他简直"铺天盖地""一空万古"地向你倾注喷薄。他可以说"尽头语"，不留"有余不尽之音"，却同样使你震荡五内、不能自已。过去常说他是仙才，我看应该也是神力。只是仙，可以超妙，却不一定有此夺人魄的神力。

初学者，常常喜欢他那最浅的一面，比如"千里江陵一日还""疑是银河落九天"之类，觉得流畅飞扬，以为上品。需更提醒一下：太白自有另一面，不容忽视。"浮云游子意，落日故人情"，可是只凭"气势"的人所能写得出的？潇洒不同于浮薄，深厚不一定凝滞。单线路、单层次的头脑和心灵，最容易只知其一不知其二。比如你若只看到他的"兰陵美酒郁金香，玉碗盛来琥珀光"，大概又认为这是"豪放"之笔，但当你再看下面是"但使主人能醉客，不知何处是他乡"，则太白这位流浪者借酒消愁，别有深怀的气度，才使你憬然而醒悟。他的笔不都是"放闸之水，燃信之炮"。"人烟寒橘柚，秋色老梧桐。谁念北楼上，临风怀谢公。"这，才是太白胸襟深处的声音，也是他高超的笔调——换言之，这才是太白的真本色。

从鉴赏这一特定的角度来讲，我以为"三李"之中以太白最不容易为一般初学者领会其真际，所以在此多说了几句。至于长吉与玉谿，我倒觉得比较"好办"——不是说他们"简单容易"，而是说他们特色鲜明，历来论析赏会的，也多能道着他们的"要害"，不难披卷而得。

太白的诗，不由苦思和"数易其稿""涂改殆不可辨识"而得，杜少陵说他"斗酒诗百篇""敏捷诗千首，飘零酒一杯"，可见其"挥毫落纸如云烟"的捷才了。长吉则虽非相反，却成对比。他是呕心沥血，拿精神性命来作诗的。他的短寿，和他的苦思冥索以觅奇句奇境，未必毫无关系。然而说也奇怪，虽然长吉作诗"锦囊"贮宝，与百篇千首的太白不同，可他的风格却全然来自太白。他不多写律绝，而特擅歌行，你看他那气势、格调，包括书生不得志的感慨，八荒万古的艺术想象力，无不与太白有千丝万缕的联系。但他的独立价值却是自辟鸿蒙、别有天地，与太白混淆不得。古今诗人，尽管体性不同，几乎少有不为他的奇情异彩所"震"住的。有的还要仿效几首。顺便一提:《红楼梦》作者曹雪芹本是一位诗人，诗有奇气，为朋辈所折服，就屡次称他是"诗追昌谷"。这是真正的"纯诗人"，真正的奇才。读他的诗，也不要忘记杜少陵称许太白的"清新俊逸"四个大字，特别是一个"俊"字。你读长吉的《马诗》，就应该体会得出。

太白、长吉，使你惊喜，使你起舞，使你悲感——但不大使你多生缠绵悱恻、低回往复、荡气回肠的感受。这就要向玉谿生去寻找。对玉谿诗，无待更做多余的讲解介绍。他的才情笔致，风调襟怀，无一不使人意降心折。他博得了古今学诗爱诗者的倾倒与爱慕，其影响所被，虽不敢与李杜相抗衡，但拿长吉作比，那是小邦与大国之别了。慕而效之者多，以至宋初有了"西昆体"名目，这是最好的例证。

玉谿诗不逞才、不使气，也不追求诙奇幽幻的想象之境。他凭的是人间清词丽句——这丽，不是涂饰华丽艳丽的俗义。他凭的是情深笔妙。一般多为他的"无题"七律诗所惊动、所陶醉，那当然是出色当行，千古绝唱，但因此也往往忽略他的诗才在古体与排律上的非同凡响的成就，可惜论者就远不如论"无题"律诗那样多见了。我还认为，玉谿的七言绝句，实在最好，笔之深婉，格之高洁，境之清华，语之韶秀，气之俊爽，韵之绵邈，他人或得有一节之资，断难如他那样，诚为天予众长，汇为一美。值得特别提明的是，这位真正的"纯诗人"，寻找他在诗史上的渊源脉络，如果编列"唐诗谱系"，应当把他列在诗圣杜子美的系下，而不是太白的支裔。这个史的现象可能是出乎一些人的想象之外的，倒是应当引起深思，是一个耐人寻味的文学奥秘。

鉴赏之学，原不等同于一般的文学史的叙列，辞典或百科全书的著录——那是知识性介绍为主，也不同于"文义串讲""白话翻译"。鉴赏者当然也要弄清作者作品的一切时地、背景、有关情况、文义典故等等之事，但鉴赏不是罗列重复这些，而且也不是近来鉴赏书物里相当流行的一种做法，即名为鉴赏之篇，却看不到鉴赏者的心得体会，特别是艺术的独到之阐发与抉示，往往只写下一些普通文字通用术语，诸如"塑造形象的鲜明生动""思想性与艺术性的高度统一"等等之类，以为即此可尽鉴赏之能事。其实，这是什么也没有说明，什么也没有领会，什么也没有给读者抉发启示。如果以此等来代替真正的鉴赏，以此等来理解和认识"三李"的出群超众，那就无怪乎今天的诗坛上少见"三李"式的大诗人重新显现身手，为中华的诗国领域踵事增华了。

我开头说三李是真正的"纯诗人"，当然是我杜撰的名目。其用意是要说明：在我中华历史上，凡读书人，自唐代以来，几乎无一个不能作诗的，但会写几句诗，并不等于就是诗人。因此，大多数实是"非诗人"，或者最多是"杂诗人"，他们虽然能诗，却够不上真正的诗人。他们并不是以诗人之心眼观物，以诗人之手笔抒怀，而往往是以学问而为诗，以典故文字而为诗，以主张、学说、理论而为诗，以交游应酬而为诗……这样的貌似诗人者，实非诗人。他们有时可以成为"害诗"者。所以我特别标明，像"三李"，才是我们中华民族引为骄傲的纯诗人。对他们的鉴赏，是重要的。

《三李鉴赏辞典》的编纂出版，标志着我国鉴赏学的逐渐提高与普及的可贵的足迹。我是三李诗的爱好者，但缺乏深切的研究；今为辞典撰序，不过粗陈浅见，聊供参采，不当之处必多，尚赖方家惠予匡正，实为幸甚。

诗词韵语在小说中的意义

——《中国古典小说卷中诗词鉴赏》代序

诗词韵语，包括"四六文"式的骈句、联语等文体而言（因韵不单指韵脚，也指句中声律），常见于中国古代或近人所作古典风格的小说中，这是在西方小说中并不存在的一种特色。这些韵语之出现于以叙述为主体的小说作品中，其作用或意义何在？是否累赘多余，有"混杂""失调"之病？在欣赏和研究中国小说时，是不容不细加思索领会的课题。

对此课题如欲有所理解晓悟，只从"体裁""形式"的观念中去寻求答案是不行的。这必须从中国小说史的脉络和中国韵语本身的性质来索解，方能获得它的真正的意义（作用、价值）之所在。

中国小说的本质是史的一个支流，故有"野史""稗史""外史""外传（史传）"等别称，即"正史"以外的史书之义。然从形式发展上讲，它除了本身是"叙述体"之外，还接受了佛门宣讲的巨大影响，即僧人自早是以讲说佛经故事为形式而宣扬教义的办法，而那是以叙说与韵语（偈颂）相间、交织而进行的，古称"转变"（今通称"变文"），"转"本义即是"唱经"的意思（也称"转读"）。因此民间说书艺术就借鉴参采了变文的优点，也以叙说与韵语相间而组成之。后世统以"小说"为名的通俗文学，所以有"平话"与"词话"之两大派系，亦由于此：前者是纯叙述体为主，后者则叙、韵交织，亦即"说唱文学"的名目之所指了。

平话，后来写作"评"，流变为"说评书"的评。疑心古时"平"本含有不夹以转唱的意思。而"词话"的"词"，实际也是广义的韵语的一种代词。

"说唱"形式所以盛行，是由于这能避免只说只唱的单一感，而起到变换、调剂、丰富的作用，给听众以更多的美学享受。这就是它最大的优点，亦即其独特的艺术价值。近世与现世小说，则因受了西方小说的观念与形态的影响，逐渐变为纯叙述体，完全抛弃了早先的传统民族特点。

"转""唱"部分，本来是为了"听"众而设计的，而不像后世是单为了"看"小说那样，因而它的内容（或"性质"）也与后世不能全同，比如有的唱的部分乃是一种"重述"，即以韵语再一次撮叙方才讲过的那段情节。但印刷术发达之后，"听"说唱必然逐步分出一大支是"看"说唱，于是那韵语部分内容与性质也就向适合"看"的方面发展起来。"重述""撮叙"日益减少了，诗词韵语的"本等"日益彰显了，即：抒情是它的本色，于是对叙述部分过后，随即加上了抒情的部分——慨叹、赞美、讽刺、警诫、评议……便是很多小说中韵语部分的内容了。

这种抒情的"唱"的遗痕或变相，也可分为两类：一类如《三国演义》，其大多数诗句咏叹，"后人有诗叹曰……"等等，是采

179

自前人的现成篇什。另一类则是出自小说作者本人的同一手笔。

除了咏叹性的诗篇韵语，还有人物出场时对他（她）的形貌风度等等总括题咏的，或战斗场面的写照的，都能使景象气氛精神倍出，给单纯叙述增添了神采。再如《西游记》，相间的韵语骈文特多，尤其是在一段精彩的故事（"七十二难"之一难）结束后，师徒一行重新上路，于是夹以一篇，常常是远远望见一座山林，一个去处，景色如何，吉凶待晓……立刻将读者引入新的想象，将"取经"的路程进展，时空的推迁，巧妙地显示于字里行间，取得了极大的艺术效果。这就绝非"白话""讲说"所能比拟，更难代替。

另一类就是作者代书中人物安排的"作品"了。这类尤以"佳人才子"派的唱和题咏等为特多。正如曹雪芹所说，当时流行的俗套小说，甚至本无故事情节可言可观，而只是为了先作了几首"艳诗"而后才编造小说的。这类除极少数高手而外，价值大抵是不大的。

这一类中，应该特别提出《石头记》，曹雪芹为人物代拟的那些诗、词、曲、谜语、酒令……不但文学价值高，每篇切合每人身份、性情、口吻，而且没有一篇不是有着超出字面意义的深层意思，又兼具为后文伏线的巧妙作用的。因此，这种诗词韵语就更是全书的一个有机组成部分，其性质不但与"说书人"的咏叹是绝不相同，而且与"佳人才子"书里的"淫诗艳赋"更是不可相提并论了。

还有一种非文人作品，如说书艺人开篇时常念一首《西江月》或"四句提纲"（绝句诗）等形式，本来是"序引""总括"的意思，但后来也有很多小说每回回首或回中都有诗词，只是一种"引用"的点缀，往往世态人情，悲欢哀乐，无所不可，而与本回情节却无必要的联系了。这种，或出于艺人，或出于下层文士之手，文学水平不一定十分高明，但常常别具风格意味，反映当时政治明暗，社会情状，人际关系，道德风尚……虽然可省可删，不妨害正文的完整，但亦仍有其独特的地位，未可尽贬。

总起来看，诗词韵语与中国小说的渊源关系非常久远深切，是我们民族文艺的重要特色。性质不一，内涵丰富，作用多般，具有美学价值，是西方小说所没有的宝贵成分。近现代的小说作者因为本身对民族文学体裁形式不熟悉了，对诗词韵语的写作甚至是不懂了，以致完全仿效西方纯叙述体而丢弃了自己的民族传统特点特色，这确实是一个值得研究讨论的重要问题。

谈诗论词

　　词为何物？文之一体也，看不起的人贬为"小道"，正统士夫视为"侧艳"。为什么？盖其本名"曲子词"，用今天的话来说，即是为曲谱所"配"的"唱词儿"；按谱制辞，所以叫作"填词"。词曲一名，合言可以无别，析言方离而二之：曲是乐声，词则文字。至于元世，又以"曲"专指其一代之文体，其实一也。既知此义，可见词曲起源，本由民间俗唱，其词佳者固多，亦不免俚鄙粗秽。后来又有专业的乐工为之制词，浮藻有加，而俗套浸盛，品亦不崇。再后来，到了文士诗人的笔下，这些人尊前花畔，借它抒写情怀，寄托抱负，于是词才成为具有文采、品格、风调、境界的重要文学作品。我们今日所说的词，一般是指此而言。

　　骚人墨客将词的规格大大提高了，然而同时也就带来了他们的"习气"。他们喜欢"雅"，喜欢"藻饰"——这并非绝对的"坏"因素，但一旦失之太过，词就从人民大众的活的音乐文学变成了另一种雕文绘句的笔墨文学。它的缺陷，不一而足。词的末流，是专门玩弄字眼，尖新纤巧，轻薄无聊，炫卖小聪明、小才气，以能招引世俗人的耳目为能事。词至于此，品斯下矣，也就走上了歧路和末路。文家雅士的词，还有一个常见病症：饾饤堆垛，矫揉造作。盖按谱填词，难同任笔随心，自为格局；加以才力不副，遂尔砌辞藻、堆典故，高者也只能打磨圆润，掩去琢痕。再不然，填塞学问语、议论语、无病呻吟语、盘空硬语、豪言壮语……以充篇幅。不知词者见之，以为词矣词矣，而难悟这都不是真正的词人之词。

我素曰论中华之诗，喜欢采取庚青韵中的四个字，来统帅，来品评。哪四个字？曰灵，曰情，曰生，曰声。以此四准而绳古今篇什，得其全备者，谓之上品；不及四而得二三者，可居次品。四者俱无，谓之非品，即不复列于品，已经不能以诗论了，又何品之可言。

何谓灵？天地间一种最可宝贵的气质，不知何名，吾中华则名之曰灵。大家都说人类之异于禽兽，在于有智能思，能感能言。此固然矣。但我中华有言：人为万物之灵。愚以为此灵者，高于智者甚多甚多。如以西文表之，智是 Intelligence，而中华之谓灵不止于此也。智者可成为思想家，穷究玄理，可以为科学家，声光化电，月异而日新；然而并不是灵。灵惟诗人艺家有之。灵异于实物实事之理，非智所能统包。故有词语曰"空灵"。灵必秀发颖异，故恒言又每闻"灵""秀"二字相联。盖头脑心灵为二者分举，本不混同也。

晋代大画家实兼文学家顾虎头，三绝中痴绝居一。夫痴者智之反也，然而虎头创一词曰"通灵"。他自谓他的画已然通灵了（见《晋书》）。而曹子雪芹承用之，谓自己原为一石，得娲炼而通灵了。故贾宝玉代表着中华人品的最高级境界——灵品。故贾宝玉即是吾中华之大诗人、大艺术家的最光彩夺目的仪型。唐少年王勃作《滕王阁序》，能道得物华天宝、人杰地灵，隐然早有深契于心者矣。

诗人与哲人之间却有根本差异，而绝不同于有意反对之俗义也。人以为贾宝玉于每一女儿皆滥用情，岂其然耶？独不见他见了燕子就和燕子说话，水里见了鱼儿就和鱼儿说话乎？其为花为木，对虫对鱼，莫非如此。必有如是博大之情，方能为千红一哭，而与万艳同悲也。何滥之云哉！

情犹较易明者，无烦词费。又何谓之生？昔五柳先生作赋，尝曰"木欣欣以向荣"；作诗，尝曰"平畴交远风，良苗亦怀新"，曰"孟夏草木长，绕屋树扶疏"。少陵叟律句则曰"欣欣物自私""花柳各无私"。凡类此者，皆是一片生机、生意、生趣，即天地之大美而物灵之至情也。大慈大悲，愿一切物各遂其生，仁人志士，亦总不能与此愿相违逆。情痴情种，揆其本怀最深处，仍不逾此，非有他也。是故既灵复情之诗人，莫不以写此深衷为主旨。国计民生，风和日丽，溪声月色，万紫千红，列举可以百端，而生之美是其一切之核心与神髓。为写生机，诗人以文藻，画家以丹青；形貌似别，其致一也。

画家以临摹之课为基本功，乃所以求古人之技与法，而专名其即事实践曰写生。涵义最深。吾家茂叔先生，不以诗画名世，而庭草不除，传为佳话，盖深识生机生趣之至理者。故南渡词人周密，独号"草窗"。可谓家声未坠。

此生，诗艺中似奥隐而又鲜明。排比字句，枯寂板僵，有理致而无生机，循逻辑以宣训诫，种种索然之辞，遂去诗日远，全归死句。

第四举声，又何义也？声者声容气味，不可缺一。汉字文学，无拘诗文骈散，总是音律撑拄其间。音节之美，悦心动性。声音之道，感人深矣，如是如是。吾华音韵之学，盛兴于六朝，大成于隋唐，故诗文之美，造乎巅峰。沿至明清，凡操笔之士，未有不谙平仄者。北语无入声，而通人亦不差池。家君为末科秀才，其业师亦燕南赵北之人也，然我少时留心以习察，家君之于平仄，包括入声，绝无一字失误。则当时教之此道，必有良法，而非一凭死记。大约此音乐之道，必亦与灵有其关联。近者汉字音律文学，日益就荒，报刊喜以七字为标题，仿诗句也，比比皆是，而百例中偶有一二合律，其余皆参差乖舛，读之令人难堪。而邻邦犹不至此也。乃知即高等学府中先生学生，昧于声学，已非一日。中华诗词，寻其本质，皆乐府辞也；其戏曲歌唱，亦必按字行腔，绝不可背之定律也。西洋语文并无四声，故可随意制谱，抑扬亢坠，了不伤于词意，聆之无别。乃近世华人以西法以谱汉辞曲。于是紊乱败隳，民族文化，一大厄也。诗家而不识四声平仄，而冀其所作声容气味，可以赏心悦意，讵可得乎？

窃以为中华之诗，曰才曰学曰格曰品曰胆，皆是也，而莫要于文采。少陵月旦，惟咏曹氏，许之为文采风流，则此四字之斤两可知矣。然而何谓文采？非雕绘涂饰之工，绮丽香艳之句，即为文采。文采者，中华汉字语文最极独特之美者是也，常人不能赏音，异邦更难知味。故为至难亦至贵之文境也。然则如何克擅文采之美？盖尝思之，人之秉赋，有智有慧，智者推理思维之能力，慧者哲理思维之特长，具此能此长者可为科学家思想家，而

185

未必即能为诗人。诗人者，智若慧而外，又有第三性，即吾中华命之曰灵性者是。此灵者，非智可代。亦非慧能尽，而迥异于聪明颖悟之俗义者也。惟具此灵性，而后始克成为诗人。今之常言，不知诗艺之事每以"思想感情"概其内涵者，不知诗之命脉不独在此，而更具精微神妙也。

中国之诗，吾华汉字语文之特异音律文学也，古今读书人，未有不习诗亦即未有不知四声平仄之理者，倘无四声平仄，不惟尽失汉字之大美，即汉语亦不复存在，遑论汉诗？此理至显。然时至今世，几乎绝大多数人已不知平仄为何义，报章文苑，犹喜以七字句仿诗句为标题，而一审其音，百例中偶有一二合律者，其余大抵平仄音声颠倒错乱者。余每兴叹，中国人于自己祖语祖文之茫昧一至于此，岂不令人惊异？是可忧也，非细故末节也。

凡治一事，习一业，以精为可贵乎？以粗为能事乎？学词而不审音按律，岂复是词！艺术之事，必有规律；违其规律，即丧其体质。故曰律诗而不谐平仄，便非律诗。若是者何不另作"自由体"而仍以诗词名之？平仄格律（包括对仗骈俪），本源全由吾国汉语之具四声，不论四声，岂复有汉语，况在音乐文学乎？初学者昧于此理，或自假于"重内容"，而摒规律于"形式主义"之列，犹以为知所重轻。重内容，盖谓不可徒具形式，而非谓可无形式；言规律，固以为必如此方能表其内容达于美善之境。何尝一言音律即等于"轻内容"乃至"废内容"？道理至明，本不复杂，特时时为强词以夺其理耳。

前人讲东坡"大江东去"，误"遥想公瑾当年，小乔初嫁，了雄姿英发"①为"遥想公瑾当年，小乔初嫁了，雄姿英发"；又误"故国神游，多情应笑，我早生华发"为"故国神游，多情应笑我，早生华发"，翻曰："东坡不拘拘于格律""只要词佳，可以打破格律"云云。此诚笑谈。试思乐曲节奏，自有句读停顿，戏剧曲艺，莫不皆然，岂有可以任意将下句之字"唱入"上句，上句之字"歌归"下句之事？即今日之白话新曲，亦难有"不按句逗"的"唱法"与"谱法"。此理又至明，本不复杂，而误解误说者尚如彼。

---

① "当年"，谓"正当年""年力正富"，非"昔年"义。"了"，全然，"了雄姿英发"，犹言"全然一派……气度气象"；"了"字此种正面用法，六朝唐宋之后，至明人尚偶一见之，后惟反面句如"了无意味""了不可辨"之类用之，正面句用法遂不为人知，将"了"字归于上句"初嫁"之下，正缘此故。试思"初嫁"，谓容光焕发时也，"初嫁了"是何语？只一寻思，便知东坡绝无如此造句造语法矣。

炼字、选辞、音节美与艺术联想

我在将及成童之前，就被词迷住了。那时是纯出偶然，在一本明末人的剧曲里读到它开场的一首《阮郎归》，不知为什么，只觉它那音节别具一种美的魅力，这魅力简直把我引入像似"陶醉"般的填界中。从此一发而"不可收拾"。作为一名村童出身的少年学生，那时并不能轻易见到什么"词集"，可是我真是如饥似渴地到处寻觅这种书籍了，后来一本《白香词谱》和一本《中华词选》就成了最心爱的"宝书"……话要简短，我此刻想借这来说明的是：我一生最喜爱我们民族韵文文学。韵文文学中最喜爱的是词，并且有一个长阶段曾对它致力写作和研究。追溯其最"原始"的根源，却是在于我先被它的音节美迷住了，因为那时是还不能真正懂得那些词曲的文辞和意义的全部奥秘的。

以上是我自己的"亲切感受"，真实不虚。那么，它说明了一个什么问题呢？我自然不想冒充能解答一切问题的"能人"。只是觉得这其中必有道理。我想过的，至少有一点，这种非常独特的音节美来源于我们汉字本身之内的一种质素，即使最简单地说，它具有四声，这就与别的语言迥然不同，这种四声在日常一般说话中已自有它的特具的"组联"的规律。例如"张王李赵""苏黄米蔡""欧虞褚薛（入）""王杨卢骆"……仅仅罗列四个姓氏，也是按四声顺序排次，井然不絮（紊）。因为必须承认，这样才最"顺口"，最"悦耳"。这就是汉字语文的一个基本特点。我们的文化历史是悠久的，历代无数艺术大师运用这个独特的语文进行创造，把它的特点、规律摸得最清，用得最精，这才达到了一个可以令少年童子感到"陶醉"的音节美的艺术境地。这不是偶然的、某一个或几个"好事者"在"玩弄文字"的结果，也不是人为地、谁下一道"命令"逼迫词人非如此这般不可的事情。

能体会这层道理，就可以更好地读词了，而不至于像有的人聪明自作，认为词律是"限制"或"妨碍"了他们的"创造才能"，要"突破""改革"这种"枷锁"云云。具有这种认识的同志，自以为写出来的是"词"，无奈没有一处合乎汉字文学的规律性和音节美，读上去只是令人感到说不出的别扭和难受，要说这有什么"美学享受"，我只有敬谢不敏而已了。

当然这要细心敏感，不可钝觉。记得马克思就提到过欣赏音乐也须先培养"音乐耳朵"才行（大意），这是深懂艺术的见解。"对牛弹琴"，其实说的也是这个道理。要有"耳音"（这包括形体上的"听官"和感觉上的"心耳"），耳音也靠天赋（因为有的天生好，有的天生差些），也靠培养增强。所以我愿笃文同志这本新著的读者能注意这一点。我们常听说的"熟读唐诗三百首，不会吟诗也会吟"，这一经验之谈，名言至理，其实说的主要也是读多了就读通了它的音节格律，并不是指词藻、典故之类。何况词比起诗来，更加具有音乐质素（它本来是篇篇可以被之管弦，

189

是为唱而制词的），读词，学词，而不知或不肯重视音律的事，我看那是一种取其粗而遗其精的外行的做法。

其次，要培养自己的语言修养，这不仅仅在于"语法""修辞""描写技巧"等等这些流行的文学课堂上常用的概念范围。还要特别注意，须让自己具有一种能够体察"汉字组联"的精微奥妙的各种现象，寻绎它的规律性的能力。比如，汉字有大量的义同、义近、义类、义似的单字，你要看词人如何、为何选此字而弃彼字的各种道理。"花""葩"义同，又都是平声，而且同韵，可是无人说"百葩齐放"。李后主的名句，"林花谢了春红"，如果假设韵脚暂可不论，那你能否改成"林葩凋了春朱"？光是红，就还有丹、朱、绛、绯、茜、赪、彤、赤……一串字，你选哪一个？为什么非如此不可？都是一个异常精致微妙的艺术体会。"红颜""朱颜"粗看似乎"略同"，其实大异，你不能说"朱颜薄命"或"红颜常驻"。这样的例子，举之难尽，若细加讨论，可为（以）勒为专书。

与此相连而又特涉音律关系的，是另一种"换字法"。比如，如果你在咏梅词中见了"红萼"二字，不必认为"萼"真是指"植物学"上对萼的定义的那个部分，它其实是因为此处必须用入声，故而以"萼"代"花"。你看见大晏词"晚花红步落庭莎"，不必认为晏先生院里真是种的"莎草"，其实不过因为"草"是上声，不能在此协律押韵，所以才换用"莎"字罢了。这种例子多极了，也难以尽列。由于"地"是仄声，所以有时必须考虑运用"川""原""沙"……这些字（平川、平沙、平芜，其实就是说平地而已）。因为"月"是入声，要在必须用平声的地方说月亮，势必要改用"玉盘""冰轮""银蟾""素娥"……如不明这都牵涉着音律关系，就会"简单从事"，甚至"批判"词人只会"粉饰"，搞"形式主义"，或别的什么罪名，都可以加上去的。

　　然而，艺术这个东西是奇怪的，说以"萼"代花、以"蟾"代月，原是由于音律而致，是千真万确的。但是一旦改换了"萼""蟾"……马上比原来的用意"增"出了新的色彩和意味来。所以这种关系又不是单方面的了。

　　由这里，已可看见炼字选词的异常复杂的内涵因素。王国维提出作词写景抒情，病在于"隔"，凡好词都是"不隔"的。这道理，基本上应该说是对的。但事情也很难执一而论百。周邦彦写元宵佳节，有一句"桂华流瓦"，批评意见说是这境界蛮好，可惜以"桂华"代替月，便觉"隔"了。不过，我曾想过，假如我们真个大笔一挥，替片玉词人改成一个"月光流瓦"，那岂不完全是一个败笔？因为，如果作为学词者而不能体察词人的艺术构思，看不到"桂"字引起的"广寒桂树"的美丽想象，看不到"华"字引起的"月华"境界联想（是非常绚丽的五彩光晕，亦即"彩云"），看不到"流"字引起的"月穆穆以金波""素月流天"的妙语出典，也看不到"桂华"是引起下文"素娥"与"香麝"的精细笔法之所在，那就会要求艺术家放弃一切艺术构思，而只说"大白话"，到那时，岂但"桂华"要不得，"流"也被斥为无理不通了：月光怎么会流呢？！

　　于此，我就又要提出一个拙论——也许是谬论：在某种意义和程度上讲，我们中华民族的传统汉字韵文文学就是一种"联想文学"。何以言此？只因我们的十分悠久的和异常丰富奇丽的文化传统给艺术家们准备的"东西"太神奇绚丽了。几乎围绕着每一个字、词，都有很多的历史文化的丰富联想。你写月，有很多字、词可供选用，而由于选用时的条件、选用者的用意的各自不同，而发生出极不相同的艺术效果。同是月，你用了"桂"，唤起的是一种艺术联想，你用了"蟾"，唤起的是另一种艺术联想。这些，在高明的词人艺术家那里都是有其用意和匠心的。我们读词、学词的，应当首先细心体察领会，然后再形成自己的鉴赏和评议的见解，而不宜只论"字面"，不计其他。

至于论诗多讲究"神韵"，论词多讲究"境界"（或"意境"），则所涉益深，我只补充一端：此所谓境界，是艺术境界，不尽同于实境（尽管它来源于实境）。温飞卿的名作，"水晶帘内颇黎枕，暖香惹梦鸳鸯锦"，这完全是"造境"，它并不是真的在"写境"。所以它看来也好像一种"反映（现实实境）"，而实在又不是。我们的民族艺术，很多是最善用"造境法"的，京剧舞台艺术便是著例。它的目的全不在于只想引起观众的一个"逼真感"。不是的。要唱京戏，又要布置一大套"写实布景道具"，就是在这一点上失路了。这一点，在诗词文学上讲，同样是一致的。这个说起来要费大事，我此刻只能说这么多。

文学艺术靠形象，已成常识。但也要认识到，我们的民族文艺不是停止在"形象"上（或者说"死于形象"）。只认形象，以为这是艺术的一切，艺术的极则，也将不能理解我们的民族文艺。北宋大诗人石曼卿要咏梅，结果写出了"认桃无绿叶，辨杏有青枝"二句。这写得"贴切""中肯"，"扣题"扣得好极了，可是东坡善意地评讽他说："诗老（指石曼卿）不知梅格在，更看绿叶与青枝！"东坡认为石先生犯了一个大错误：咏梅而不知道写梅花的风格、品格，而只会说叶子绿、枝子青等等。请想，难道绿叶青枝，认桃辨杏，这还不够"形象"吗？可是艺术大师认为单单是这个，那是不行的！

道理安在？我愿学习欣赏我们自己民族文学艺术的青年同志们，也能同时留意我们自己的民族文艺理论，不宜只懂外来的（主要从西方传入的）一些现成理论概念。如此方能较好地领略我国传统诗词艺术的特点特色。我这样说，并无轻看或拒绝西方理论的意思，只是说明一个事实：西方理论主要从西方为主的作品中提炼概括出来的。那些理论大师不管多么高明，但没有精通汉字文学，特别是韵文的条件，他们无从体认汉字韵文文学的一切特质特色，因而无从将这些极端重要的艺术实践和美学观念纳入他们早经形成的理论中去。说到诗人要咏梅，不仅仅是要写出梅花的形象，还要理解和表现梅花与桃花、杏花不同的风度、丰神。但是这种"理解和表现"云云，显然不是一个"植物学"的问题了，这所涉及的，实在还有诗人本身的事。"疏影横斜水清浅，暗香浮动月黄昏。"自然不是脱离开"形象"，然而又绝非"形象"所能尽其能事。说是写出了梅花的高情远韵，毋宁说是写出了诗人自己的高情远韵。否则，"神韵"也好，"意境"也好，也都无从索解，不可而得了。

我在上文回忆我少年时得到一部词谱和一部词选而获得的享受和受到的教益，这也使我承认：至今心中比较熟悉的名篇，仍然是那时候印下来的不可磨灭的"印记"，而不是来自"全集"或"总集"。选本的影响和作用是极其巨大的。我以为至今也没有人郑重估计过那一本被高人看不起的《千家诗》（以为那是"三家村"村塾"陋儒"的教科书），曾对我们历代普通人民起过多大的"诗教"作用！一部好选本，其实也与一部名著无异。笃文同志此书一出，定卜风行遐迩。

《诗词赏会》(《周汝昌讲古诗词》)
初版自序

　　近年来出版的讲解唐诗宋词的书为数不少，似乎都是用了"赏析"的名目。重复已经太多，这本小书的名字便不得不略加变换，于是就用了"赏会"二字。

　　以"赏析"来说，此语大约源于陶渊明的"奇文共欣赏，疑义相与析"。析是剖析，解决疑难时必须用它。现今"分析"一词用得最多，一涉及文学艺术，好像总是这样"分析"，那样"分析"，离它不得。"析"用得太厉害了，容易落于支离破碎之地。而且惯于分析的，往往忘记了别的，误以为分析是惟一的"科学方法"了。这都会发生毛病。若从此义而言，则我换用一个"会"字便又不只是避复的事了。况且，诗的一切，特别是我们中华的诗，老是靠"析"，恐怕不宜，只看陶渊明那两句话本来也不是指诗而言的。

　　我觉得陶公的另外两句话倒是更为重要，那就是："好读书，不求甚解，每有会意，便欣然忘食！"因此用"赏会"二字，于

194

义似乎为胜。

同是这位陶公，他懂得赏奇，更知道析疑，怎么他又会"不求甚解"了呢？可见这句话不是他要提倡"似懂非懂、马马虎虎"就行了，否则他又怎能会其意旨呢？可知他那句话自是另有针对，因不满于某些时弊而发的。"甚"者，过了头，近乎穿凿了，所以不大赞成。

这个"会意"（六朝人士也说作"会心"），我以为对于涉猎文学艺术的人，最是要紧不过。

何谓之"会"？聚合为会。那些作者以彼之情思要来"会"我辈读者，是一层会。我辈读者以吾等之情思去"会"彼古代作者，又是一层会。二会交逢，才完成了欣赏这一"文艺活动过程"。

古人有一句话，叫作"诗无达诂"。在我想来，这说的大约就是"会"的问题了。

为什么诗就没有"达诂"呢？并不是往时诗人都说话不够清楚，或故意捉迷藏；那是因为当日艺术表现的社会条件（包括政治原因）的不便与表达方式的不同等等缘由而造成的。这是一层。我们对那些诗人表现表达的事物内容，感情状况，语文笔法……有知有不知，知又有深有浅，有透有隔……这又是一层。有此两层缘故，当然就好像诗无达诂了。浅者昧其深，隘者失其广，自然也形成了"仁智"之分。所以，这个"会"字实在要紧。

我们常说体会、领会，对于学诗（本文的诗指广义的诗，包括词曲）的人来说，应当特别注意，要讲究这个"会"。这和"知识"不是无关，却又不是"知识"所能尽其能事。光有"知识"，不一定能"会"。

当你能"赏"其佳致（赏有识拔之意），能"会"其意趣，必然内心得到一种非常的美的享受，或者说快乐。陶公两次用的那个"欣"字，从何而来？不正是从这种享受和快乐而生的吗？

在讲诗时，古人又有一句话，说是要"以意逆志"。这又是何意呢？我想这也正是指我们读者要用自己的领悟去"逆"（追溯、迎接）那诗人的本怀。可见古人懂得，这种彼此交会才是文学艺术能够成立的关键的一环。高明的文艺大师们所做的，是"彼方"的那"一半"工作，剩下来的还有另"一半"是要读者去"补足"的——这就是"以意逆志"的道理。没有意逆，也就没有赏会之可言。

即此可知，赏会实在是我们应当学习去做的一种重要工作。读者并不是一个简单的被动的接受者，他也得主动和"能动"，他与作者"合作"得越好，才越能收赏会之功。

这册小书的主体，就是我这个读者对若干唐宋名篇所作的一点"合作"（或者说"补充"）的试验。

我所讲到的这些名作，并非有意的安排，更不是"精选"之类；只是由于机缘凑泊，信手拈来的结果，带着很大的偶然性。所讲到的一些道理，自然希望能收到举一反三的效果。"师傅领进门，修行在个人。"我岂敢轻言领人"进门"，只是就此机会我们一起来探索那进门的路径，能渐进阶台，而不致越走越远，就是至幸了。

从数量来说，这么几篇也许还够不上编集的规模，但所以想到先整理成这个小册子，也是有其因缘的。近年常常接到读者的来信，有的远自蜀中，他们向我说：偶然的机会读到了我讲诗词的一两篇文字，十分"得味"，说是也很读过一些同类文章，有的只是会说这个"性"那个"性"，翻来覆去讲那"艺术性"怎么"高"，可是又讲不出多少道理，读完了令人觉得总不过是那几句话，不给人以真正的艺术启牖和领会享受，因此，问我有无这方面的专著，何处可求……当然这是读者的奖饰之言，可是他们那非常热情的信札所表现的一种迫切的求知愿望，也给了我以很大的鼓舞。这才检点敝箧，收拾残笺，一共集成了这么一点"成绩"。正好广东人民出版社乐意为它印行，也就顾不及方家的哂笑，让它就这样子"问世"去吧。

不言而喻，诗词的讲解赏会，各人各异，不能强同，因为这其间许多因素都有关系（比如因年龄，因学识，因文化素养，因人生阅历，因个人写作体验……会千差百别）。我这些个人之浅见，必然有所失误，甚至违离了原作的本旨，遮掩了名篇的光辉。还有一句古语，道是"可意会不可言传"。我的"意"纵使"会"得完全是了，还有一个"言传"的问题在。诗词这种高级艺术品，确实有些事情是不能只靠"言"来传达的。比起诗人的情思意致来，我们的讲说所用的这种"言"，总是显得粗俗乏味得很。如不承认这里存在的一层障隔，那也无从真正懂得诗词的精微超妙之所在。言所不逮之恨，在晋朝大文学家陆机作《文赋》时就已经深致其叹慨了。我们这些平常人，自然更难言必逮意。说到这里，本书的读者不但要与古代诗人们"合作"，也还得要与我这个当代讲者"合作"。有些地方，那确实是我"调动"起你的"艺术能量"来之后，是靠你自己去"补充"的。

自序如此，深感言而未尽，然亦不可太絮烦了。敬希匡误指讹，不胜感企。

《诗词赏会》(《周汝昌讲古诗词》)
初版卷尾余谈

　　诗词的魅力，在于它本身具有的唱叹之音(所谓一唱三叹)，能使人有涵泳之趣，所以说它是余味不尽，余韵无穷，余香满口。可是这只靠讲解是领略不到的，所以难就难在这里。俗话说"知其当然而不知其所以然"，说诗讲词，充其量也还只不过是帮助读诗词的人明白一些"所以然"而已。至于那个真正的"然"，仍然要靠自得。由此可知，所能讲说的，到底是那些粗的，是痕迹，其精微之质，却是语言文字讲解所难及。这一点儿也不是弄什么"玄虚"。但求讲得不致太浅陋，太令人索然兴尽，就算不错的了。古人说，硬作诗，不自量，是"诊痴"，会藏拙的人就是不肯轻易言诗。故而讲诗也往往是一种"献丑了"的事情。

　　但是人是有怪脾气的，比如喜欢读诗词的，自己读了，所会不知是否，总想与作者"交换意见"，无奈已不可得，于是转而向别的读者寻求印证，希望验一验自己的心得较别人究竟如何。这种情况，与初学者只是寻找一位"辅导教师"的并不一样。他的要求更"高级"，更严格了。由此又可知，尝试讲诗词的人，至少要"照顾"两种不同的读者的需要，这或许也可以借用"雅俗共赏"这句话来比喻这个道理。

总之，写这种文章，其难实在不止一端。

诗词名作佳篇，才是欣赏的对象，这原不待言。但是好的讲解文章，也能成为我们欣赏的对象。换言之，好的讲解文章不仅仅是辅助人的一种"工具"，其本身也是一种艺术品，本身具有"文学存在"的价值。我提这一点，也是使读者体会到，大家对这种文章的要求标准大不单一，是难得很的一种"文体"呢!

笺诗，注诗，解诗，说诗，评诗，向来有这么五种"办法"。笺和注有区分，前者侧重作者作品背景事迹，后者侧重词意典实。解和说也不尽同，前者多是"论"的性质，提出见解，而并非助人赏会之义，后者方是本书本文所涉的这一种性质的著作。比方对于《毛诗》，自古及今，不止千万家为"三百篇"的本旨提出种种说法和解释，但那与欣赏可说毫不相干。而要提欣赏，你却不能连本旨本意都弄它不清，就来谈什么"欣赏"。那只能是一场笑话。由此又可见，要谈欣赏，须是将笺、注、解、评的事情都基本上做过了，这才谈得上"欣赏"二字。其难又可想见矣。

但是欣赏之文，中间奈难详详细细、逐一罗列出一切笺、注、解、评之内容——那样真是"将成何文字"! 这就需要读者自己也去"补"做一些工作才行。由此义而言，我也希望本书的读者不仅仅是个被动的接受者，也是一位主动和能动的互助者。艺术的事，永远是作者和读者"合作"的事，绝无例外。现在应

199

当是作者、讲者、读者的"三合作"。

但不管怎样，从读者来说，见了别人文章中说出了自己未能领会到的，就非常高兴，是一种欣喜。见了那文章中说出了自己仿佛感受到但是不会表达出来的——替自己表达出来了，就更觉高兴，是又一种欣喜。两种欣喜，是读者的希望，是讲说诗词的文章的水平标志。

诗人是多情善感者，无情而钝觉的人，大约不去作诗，作出来也不会是诗。即此可知，真能赏诗的，也必须是多情善感之人。然而仅仅多情善感，又不一定就成为诗人。诗人还要加上一层"怪"。他看事情，与世俗的情理标准不尽相同，有些"傻气"，有点"呆"性，有些"痴"想。总之，世俗人往往不理解他，目之为"怪物"，说他是"疯子"，如此等等。我总记得有一大厚册外国出版的英文诗选，卷端的序文开头就说："A poet in history is a star. A poet in the next room is a laughter." 意思是说：提起历史上的一位诗人，那照例是位"明星"人物，可是你要说起"隔壁住着的是诗人呢"，那是个笑柄罢了。可见"诗人"在现实中是个挪揄奚落的称号，是会引起一般人"哗然大笑"的。在世俗人看来，他荒唐可笑，不切实际，不识事理，不通世故，不近人情，不辨香臭……是非利害，常常颠倒。《红楼梦》中的贾宝玉，被人目为"疯疯傻傻"，有"痴狂病"，时发"呆性"，连傅秋芳家的两个婆子，也议论宝玉说："……果然竟有些呆气。他自己烫了，倒问人疼不疼，这可不是个呆子?!""……千真万真的有些呆气：大雨淋的水鸡似的，他反告诉别人：'下雨了，快避雨去罢!'你说可笑不可笑? 时常没人在跟前，就自哭自笑的。看见燕子，就和燕子说话；河里看见了鱼，就和鱼说话。见了星星月亮，不是长吁短叹，就是咕咕哝哝的……"婆子世俗之见，殊不知这却正是对于诗人的一个最好的"写照"和"评价"。宝玉不为人理解，只因他的质性是诗人的质性，他是真正的诗人型人物。他病起之后，见了杏花，因已凋零，为之伤感；因杏而及人，又为邢岫烟而感叹；恰值雀儿飞来乱啼，他又为雀儿"设身处地"，代它寻绎出无限的思绪来。这种"与花鸟共忧乐"的质性，正是曹雪芹在写一个独出特异的幼少诗人的特写和妙笔。读我国传统诗词，如不理解这一道理，自然也很难说到什么欣赏（至于也读不懂《红楼梦》，那正是必然的结果）。

贾宝玉很器重香菱，因她肯下苦功用苦心学诗。他说了一句话："诗原从胡说来。"这听起来很不美妙，岂不是贬诗为"胡说"？太觉孟浪粗鲁了。但他的原意是在强调那一与世俗有异的"诗理"。宋代严沧浪说的诗有"别学""别趣"的那个"别"，亦即针对世俗一般"常理"而言。诗人固然可以愁风怨雨，但也可以眠云揽月。他能见一叶而惊秋，也能思千载而下泪。形形色色，总是他们的"痴"情"呆"性的表现。要讲欣赏，这一"方面"才是探本寻源的端头。忽略了这些民族诗歌传统上的事实，单讲一首诗的思想如何，艺术如何，终究缺少了一些什么，把诗都讲得和"论文"一个样，岂不可惜。

唐代有位诗人，作诗作出了"禹力不到处，河声流向西"[①]，自己异常得意。有一个轻薄子，偏偏故意在他面前走过，口中吟道："禹力不到处，河声流向东！"吟后疾驰而去。那诗人得意

---

① 我国古史上发生过特大洪水，大禹疏导九河，百川东归大海，万民方得陆居之乐。这两句诗却说，大禹治水时力所未及之处，水不东注，竟向西流。在立意和想象上，都令人耳目一新，故为奇句。

只在一个"西"字，如今听人吟成"流向东"，害得他从后面拼命追上来，大喊纠正："不是流向'东'，是流向'西'！西！"大家传为笑柄。

你看，这"笑柄"应当怎样对待才好呢？

图书在版编目（CIP）数据

周汝昌讲古诗词.二 / 周汝昌著；周伦玲整理.
北京：作家出版社，2025.3. -- ISBN 978-7-5212
-2987-5

Ⅰ. I207.22

中国国家版本馆 CIP 数据核字第 2024FV6872 号

周汝昌讲古诗词（二）

作　　者：周汝昌
整　　理：周伦玲
责任编辑：单文怡　刘潇潇
装帧设计：孙惟静
出版发行：作家出版社有限公司
社　　址：北京农展馆南里10号　　　邮　　编：100125
电话传真：86-10-65067186（发行中心）
　　　　　86-10-65004079（总编室）
E-mail:zuojia@zuojia.net.cn
http://www.zuojiachubanshe.com
印　　刷：唐山嘉德印刷有限公司
成品尺寸：142×210
字　　数：147千
印　　张：6.625
版　　次：2025年3月第1版
印　　次：2025年3月第1次印刷
ISBN 978-7-5212-2987-5
定　　价：39.00元